TORMENTO ALFA

RENEE ROSE

LEE SAVINO

Midnight
ROMANCE

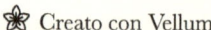 Creato con Vellum

OTTIENI IL TUO LIBRO GRATIS!

Iscrivetevi alla newsletter di Renee per ricevere Indomita, scene bonus gratuite e notifiche riguardo a nuove pubblicazioni!

https://BookHip.com/MGZZXH

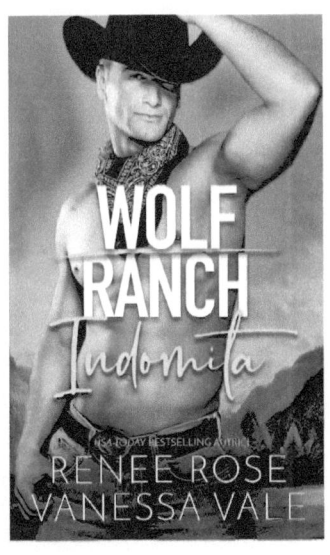

CAPITOLO UNO

WOLF RIDGE, ARIZONA (PARTE SETTENTRIONALE DI PHOENIX)

Sedici anni fa

Sheridan

IL RUMORE SORDO dell'osso che colpisce la carne mi fa annodare lo stomaco. Afferro la mano della mia sorellina Ruby e la tiro indietro, fuori dalla traiettoria. Un ringhio inumano sale dal giovane magro e malnutrito che sta attaccando mio cugino Garrett Green, uno che è il doppio di lui. Bisogna essere fuori di testa per mettersi contro il nostro alfa adolescente.

Ma Trey forse ha un desiderio di morte.

Quell'ubriacone di suo padre oggi è stato buttato dentro dalla polizia. Per *omicidio*. Di un umano.

E il motivo per cui tutti i ragazzi sono riuniti in questo prato dietro al circolo è perché l'alfa del nostro branco ha convocato una riunione con i grandi. Gira voce che l'argomento centrale della discussione sia se permettere o meno a Trey e alla madre di restare. Il branco non apprezza le rogne con gli umani, soprattutto con la polizia, quindi ogni lupo che ci metta a rischio è soggetto all'espulsione.

Quindi sì, probabilmente ora Trey ha un mondo di rabbia e paura che gli vibra dentro. Prendersi una bella randellata da Garrett potrebbe essere per lui una discreta distrazione.

A favore di Garrett c'è da dire che non ha ancora fatto sanguinare il suo avversario. Mantiene il vantaggio su di lui, ma lascia che lo scontro prosegua, lascia che Trey possa sfogare in questo modo i bollenti spiriti, tirando pugni e calci, lanciandosi contro di lui più e più volte. Si sono messi a lottare appena la riunione è cominciata e noi ragazzi ci siamo riuniti a guardare.

E non sono mica amici. Nessuno ha fatto amicizia con Trey, da quando la sua famiglia si è trasferita qui l'anno scorso. È silenzioso come una tomba per la maggior parte del tempo, quasi non parla in classe, anche se sembra intelligente. Questa è la maggiore inte-razione che ho visto da parte sua in tutto l'anno.

Non è male come sembra. C'è una certa bellezza nel combattere: entrambi i ragazzi si muovono con grazia leggera, come pugili allenati e non giovani adolescenti. Se mio fratello più giovane fosse qua fuori si metterebbe in mezzo per fermarli, ma ha appena compiuto diciot-t'anni, quindi ora può partecipare alle riunioni.

Trey si butta di peso e placca Garrett. Cadono tutti e due nella terra. Garrett lo blocca, ma Trey scivola via e gli dà un pugno alla tempia, generando uno sbuffo di sorpresa.

La sorellina di Garrett – Sedona, quattro anni – accorre piangendo e io mi lancio immediatamente per tirarla fuori dalla mischia. Nello stesso istante Garrett spinge Trey indietro e manda a sbattere me e Sedona al suolo.

Un ringhio collettivo riverbera tra Garrett e il gruppo di spettatori. Adesso mi aspetto veramente che finisca Trey spinto dall'istinto alfa di proteggere le femmine, scavalcando quindi ogni contegno stesse cercando di dimostrare.

La mia amica Pam prende Sedona in braccio e la calma.

"Sheridan." Trey ignora Garrett, trasformandosi improvvisamente da furia senza controllo a… *gentiluomo.* Il lupo svanisce dai suoi occhi, che passano da argento ad azzurro chiaro.

Non sapevo neanche che sapesse come mi chiamo, anche se, perché non avrebbe dovuto? Io il suo nome lo so.

Mi aiuta ad alzarmi in piedi, mentre anche lui si tira su. Ha le nocche livide e insanguinate, ma mi tiene con delicatezza, la fronte corrugata per la preoccupazione. "Scusa… ti sei fatta male?" Il sangue gli gocciola sul mento, ma non sembra curarsi del suo dolore.

I nostri sguardi si incontrano e qualcosa si muove nella mia pancia, in basso… una nuova e intensa consapevolezza che io sono femmina e lui è maschio.

Non riesco a distogliere lo sguardo. Non mi lascia,

neanche con Garrett che gli alita sul collo, a pochi centimetri da lui.

"Sto bene." Alla fine riesco a muovere le mie labbra intorpidite. Il cuore mi batte nelle orecchie mentre assorbo tutto quello che mi sono persa finora di questo ragazzo attaccabrighe che viene dalla famiglia di più basso rango del branco. La profondità della sua voce. L'intensità dei suoi occhi chiari. La definizione muscolare della sua struttura snella. Gli odori che ha addosso: sangue, terra e pino.

"*Ehi.*" Il gruppo di ragazzini salta indietro sentendo la voce profonda del nostro alfa. "Cosa sta succedendo quaggiù?" Mio zio annusa l'aria, riconoscendo senza dubbio l'odore del sangue. La porta sul retro del circolo è aperta e i genitori stanno venendo fuori a prendere i loro figli. Sedona corre da Alfa Green, che le accarezza i capelli senza distogliere gli occhi socchiusi dal figlio. "Stavate facendo a botte?"

Un muscolo nella mandibola di Garrett ha un tic e il suo sguardo si sposta di scatto su Trey, che mi ha staccato le mani di dosso, come se gli avessero dato una scossa elettrica. "No." Riesce a produrre un tono pigro che non ha niente a che vedere con l'intensità della zuffa che si è appena interrotta. "Ci stavamo solo sfogando un po', vero Trey?" Tende un pugno e Trey ci batte contro il suo, come se fossero migliori amici. Come se Trey in qualche modo si fosse guadagnato il suo rispetto affrontandolo.

Mi lascio scappare un sospiro di sollievo, e mi rendo conto che stavo trattenendo il fiato.

Emmett Green sposta il suo sguardo imperioso su

Trey. "Ora dovrai fare l'uomo di casa e prenderti cura di tua madre, figliolo."

Trey tiene gli occhi bassi, in segno di sottomissione, per mostrare rispetto. "Sì, signore. Verremo cacciati via?"

"No," dice il signor Green. "Hai il permesso di restare, fintanto che ti tieni fuori dai guai e tagli tutti i contatti con tuo padre."

Trey deglutisce. "Non sarà difficile," mormora. Poi aggiunge: "Grazie, signore."

L'alfa se ne va e i ragazzini restano tutti a guardare Trey con curiosità. Ora vorrei prenderli a pugni in faccia, anche se faccio parte di questa scena come tutti gli altri. È Garrett che dà una svolta alle cose.

"Dai." Dà una pacca sulla spalla di Trey come se fossero vecchi amici. "Andiamo a fare qualcosa."

E così Trey viene inglobato nel piccolo branco di Garrett, gli alfa ribelli di Wolf Ridge High.

Presente

SHERIDAN

CHI NON IMPARA DAL PASSATO, è condannato a ripeterlo.

La frase stampata sul mio calendario delle citazioni del giorno mi rimbalza in testa mentre attraverso a piedi il parcheggio dissestato. I miei tacchi schiacciano dei vetri rotti e stringo i denti. Sono qui sotto coercizione. Se rovino le mie Jimmy Choos preferite in questo stupido incarico, mi incazzo sul serio.

Puoi farlo, zuccherino. Questa è stata solo una delle battute del discorsetto d'incoraggiamento che mio padre mi ha fatto. *Il branco conta su di te* è un'altra. Posso sentire la parte lasciata nel silenzio: *io conto su di te.* Se c'è una cosa che trent'anni di vita mi hanno insegnato, è che farei qualsiasi cosa per rendere orgoglioso mio padre. Incluso tornare ai tempi del liceo.

A quanto pare non ho imparato niente dal passato, perché eccomi qua, a ripeterlo. Ora che ci penso, è stato mio padre a darmi quel maledetto calendario delle citazioni del giorno.

Un magazzino fatiscente si profila minaccioso dall'altra parte dello spiazzo in ghiaia, innalzandosi dal cemento fratturato. Una serie di motociclette sono appoggiate in fila addosso a una rete rotta. Alcuni furgoncini spezzano la riga infinita di pelle e cromature. Passo accanto a una Chevrolet schizzata di fango, con una portiera sostitutiva arrugginita a donare una macchia di colore al blu della carrozzeria ammaccata. Un adesivo sbadito mostra un lupo che ulula. Un altro: un cane con la gamba sollevata e un chiaro arco liquido che colpisce un simbolo Ford.

Affascinante.

Mentre mi avvicino, la porta si apre di schianto e un mutante esce barcollando, la criniera di capelli impiastricciati e la maglietta macchiata di sudore che puzza di birra, piscio ed erba. Alle sei del pomeriggio di un mercoledì.

Adorabile.

"Mi scusi." Gli toccherei il braccio per richiamare la sua attenzione, ma non so dove sia stato. "È questo il Fight Club dei mutanti?"

Il mutante mi lancia un'occhiata e mi irrigidisco. Sto indossando un completo con giacca e gonna di Anne Klein. Il color oliva fa risaltare le mèche caramello e rosso dei miei capelli, oltre a rendere strepitoso il verde dei miei occhi. Abbinato alle calze velate, che più velate non si può, e alle mie fortunate Jimmy Choos, sono tutta affari davanti, *capperi* dietro e... *cazzutamente sexy sotto.*

Non che questo insignificante lupo mutante lo possa mai scoprire. Il suo sguardo si sposta dalle mie scarpe lucide alla mia gonna elegante e ai miei fianchi piuttosto generosi, soffermandosi attorno alla mia vita affusolata e facendo tappa proprio sulle mie ragazze.

"Ehi," gli dico bruscamente. "Li ho quassù, gli occhi."

Il mutante solleva lo sguardo. "È luna piena?" dice con un ghigno. "Perché ho un'immediata urgenza di accoppiarmi."

Ho scelto male. Fantastico.

"No," abbaio, decidendo di non sprecare altra cortesia con questo deficiente. "Sto cercando..."

Dietro al mutante, la porta si riapre e la musica rock invade la giornata di sole. Un ululato ubriaco riempie l'aria: "Bere, bere, bere, bere!"

Ecco, sono tornata al liceo.

Un fusto di birra nel bosco, ragazzi mutanti a petto nudo che fanno la verticale. Il mio cuore che palpita mentre mi avvicino a uno di loro. Quello bellissimo e problematico con gli occhi azzurri come il ghiaccio. Lui si gira e un sorriso illumina il suo volto aspro. Mi leva il fiato…

"Signorina? Signorina…" Un'alitata che puzza di birra mi fa fare un passo indietro. "Se fossi in te, non entrerei là dentro," mi informa il lupo con tono solenne. Ottimo consiglio. Peccato che non possa dargli retta.

"È questo il Fight Club?" chiedo, e quando annuisce spingo la porta con il palmo, inspirando una boccata d'aria e trattenendola nei polmoni, mentre entro nel torbido mondo della criminalità.

Mi ci vuole un secondo perché i miei occhi si adeguino alla penombra. Granelli di polvere sono sospesi nell'aria pregna di fumo. A destra, un mutante sta dietro a un bancone di fortuna, passando bicchieri ai suoi chiassosi clienti. Un gruppo di sciacalli con vestiti di pelle si sparano degli shottini. Alcuni barcollano. Uno è in piedi su uno sgabello di metallo e canta una canzone da ubriaco dalla sonorità vagamente irlandese. Non si capisce, perché sta biascicando e lanciando imprecazioni una parola sì è una no.

Il posto è cavernoso, con un pavimento di cemento e la luce che filtra all'interno dalle finestre che si trovano in alto, vicino al soffitto. Chiunque abbia convertito il magazzino non ha fatto un brutto lavoro. Il bancone e il retro sono stati fatti con legno riciclato. Ci sono alcuni tavolini alti con il ripiano di metallo e altro legno verniciato. Non ha un brutto aspetto, in effetti. Diamo a questo posto una bella pulita – magari una lavata di fondo con l'idropulitrice – e lo faremo apparire trendy, un posticino da hipster per farsi un brunch. Ovviamente bisognerà cambiare l'insegna del bagno. In questo momento dice: *Troie* e *stalloni da monta*.

Incantevole.

Ruoto gli occhi al cielo e mi faccio da parte mentre un gruppo di giaguari mi passa accanto, diretti al bar. Hanno i capelli scuri leccati indietro e i colletti delle camicie a foggia di aspiranti *greaser* anni Cinquanta. Alcuni si voltano a guardarmi con blando interesse, e mi trattengo dal ruotare di nuovo gli occhi.

Non c'entro nulla qua dentro. Sono l'unica che indossa gonna e giacchino. E poi sono una lupa. Non ci sono molte femmine in questo posto. Qualche stronza forse. Beh, so essere stronza pure io. Imposto i denti in una posa che è mezzo sorriso e mezzo ringhio e avanzo nell'ombra. Altri mutanti stanno riuniti in gruppetti e mormorano tra loro. Uno indica un bloc notes e il suo amico tira fuori un portafoglio. Con la coda dell'occhio vedo banconote che passano di mano in mano. Quasi mi fermo e fisso questa spudorata prova di gioco d'azzardo.

C'è una grossa gabbia sopra a un palco sopraelevato. All'interno, un ossuto mutante con un cespo di capelli arancioni in testa sta spingendo pigramente un mocio sul pavimento. Arriccio il naso sentendo un odore pungente. Sangue.

Più mi avvicino al ring dei combattimenti e più forte si fa l'odore. Sangue, sudore, piscio, tutto mescolato in un amalgama che mi dà alla testa. Se il testosterone avesse un odore, sarebbe questo. Arriccio il naso e mi faccio strada in mezzo ai mucchi di immondizia e vado a sbattere contro un solido muro di muscoli.

"Oh, mi scusi…"

"Attenta a dove vai, principessa." Le parole escono come il rombo di una valanga da questa bestia d'uomo. Alzo lo sguardo e resto immobile, a bocca aperta. Due occhi selvatici mi scrutano da un volto segnato dai combattimenti. Braccia, collo, guance: qualsiasi parte di lui che non sia coperta dai tatuaggi è segnata dalle cicatrici. Bastano queste ultime a tenere i miei occhi fissi su di lui. Con i poteri di guarigione di un mutante, non sono cosa comune, ma neanche impossibile. Quante botte ha preso questo tipo, per non guarire del tutto e restare segnato dalle cicatrici?

Una grossa mano rimane sospesa sopra al mio gomito, come se fosse pronto ad afferrarmi per tenermi in piedi… o buttarmi fuori. "Questo non è un posto per signorine."

"Io… ehm, io…" È ridicolo. Sono Sheridan Green, dei Green di Wolf Ridge, capi del branco di Phoenix. Sia mio zio che mio cugino sono alfa. Sono immersa nelle dinamiche politiche dei lupi mannari fin da quando ho imparato a camminare.

Fisso il viso segnato e cerco di ricordare la mia missione e i miei metodi. "Chiedo scusa."

"Stai cercando qualcuno?" ringhia lui.

Liscio la giacca del mio completo, cercando di mantenere un tono. "Io… sì. Garrett Green è qui?"

Il grosso tizio inarca un sopracciglio. "L'alfa non ci viene qui."

Mi lecco le labbra, cercando di pensare con chi altro potrei provare. "Mi hanno detto che questa è un'operazione di branco."

"Ti hanno detto male," mi risponde. È un mutante, ma non riesco a sentire bene l'odore e capire che tipo di animale sia, anche se lo percepisco, grosso e minaccioso, sotto alla sua pelle ostile. Sicuramente un primate predatore. "Questa roba qui è indipendente dal branco."

Mi arrovello il cervello. Se non è il branco di Garrett a condurre l'operazione, allora chi è? "Pensavo che questo posto fosse sotto la protezione del branco di Tucson."

Il grosso tizio scrolla le spalle. "Siamo lottatori. Ci proteggiamo da soli."

"Ma è…" Scuoto la testa. Non voglio dire 'una follia'. "Sono del branco di Phoenix. Mi hanno mandata qui per capire cosa sta succedendo…"

"Ehi, Grizz, chi è la tua amica?"

Mi volto verso la voce di seta che mi è appena arrivata all'orecchio, e ho il secondo shock della serata. Grizz, il grosso tipo che mi sta accanto, si mette tra me e l'uomo che ha parlato, ma non prima che mi arrivi una zaffata di acqua di colonia. Il seducente profumo copre un odore più brutto, un odore che sa di pietra fredda come una tomba, con un retrogusto di vecchio sangue.

Piego le labbra e ringhio: "Vampiro."

Il succhiasangue è alto, con un volto magro tanto bello da apparire inumano. La sua bellezza è predatoria, letale, come un fiore velenoso. Uomini e donne ne saranno sempre attratti, ma prima di capirne il perché si ritroveranno morti.

Sorride, mostrando un paio di appuntiti canini. Mi viene la pelle d'oca e la mia lupa sale in superficie.

"Stai indietro, Nero," dice il grosso mutante, le spalle vigorose poste fra me e il vampiro. "È un'ospite."

"Mio caro Grizzly." Il vampiro allarga elegantemente le braccia. Indossa un completo da mille dollari con stivali da cowboy in pelle di serpente. "Non lo siamo tutti?"

"Andiamo." Grizz mi spinge verso il retro, lontano dal vampiro sorridente. "L'ufficio è da questa parte. Il capo vorrà parlare con te."

Permetto al mutante pieno di cicatrici – un orso grizzly, ovviamente – di farmi strada dietro alla gabbia, in direzione dell'angolo del magazzino, dove un cubo scuro e delle dimensioni di una stanza abbraccia le pareti. Dietro di noi, Nerone ci guarda, i denti che brillano nella penombra. Reprimo un brivido.

"Quindi le voci sono vere," mormoro. "Questo posto è passato ai succhiasangue."

Grizz mi guarda torvo e mi spinge delicatamente verso la porta dell'ufficio. "Qualcuno è venuto a trovarti, capo," esclama, battendo il pugno con leggerezza contro il lato del cubo.

La porta si apre e mi trovo a vivere il mio terzo shock. Capelli a spazzola, orecchino al labbro, tatuaggi scuri sulle braccia muscolose. E quegli occhi azzurri di ghiaccio che mi passano attraverso. Barcollo come se mi avessero pugnalata, e lui tende automaticamente le mani per tenermi in piedi.

Trey Robson.

"*Sheridan.*" È proprio come la prima volta che ha detto il mio nome. Trey mi fissa come se non fosse sicuro della mia presenza, ma incombe su di me. E io sono perduta, affogo nel passato, l'eccitazione e il ricordo nei suoi occhi azzurro chiaro.

～

Trey

Sheridan Green mi sta fissando e sembra essere uscita dai miei sogni – erotici – approdando nella mia vita. Il mio lupo preme contro la pelle, graffiandomi con i suoi artigli perché la tocchi. Non so se gridarle addosso e sbatterle la porta in faccia, o tirarla dentro all'ufficio e riprendere dimestichezza con ogni centimetro del suo corpo.

Il mio uccello non è così ambivalente. Sarebbe facile, facilissimo, troppo facile, tirarla a me, sollevarle la gonna e farla mia addosso al muro.

Poi apre la bocca. "Levami le mani di dosso," dice con impeto, gli occhi verdi e luccicanti.

"Cazzo," rispondo con voce roca, lasciandola andare come se scottasse. "Che succede?" chiedo a Grizz, senza levare gli occhi di dosso dal volto furente di Sheridan.

Il grizzly scrolla le spalle. "È entrata chiedendo di parlare con Garrett. Ho immaginato che volessi saperlo."

"Garrett?" Incrocio le braccia sul petto, imitando la postura di Sheridan. Ha le scatole girate. Come se avesse il diritto di essere incazzata con me dopo quello che ha fatto. "Tuo cugino non è qui."

"Questo l'ho saputo," dice di rimando. "Subito prima di imbattermi in un dannato *vampiro*."

Un ringhio mi sale dal petto. Non rivolto a lei. Non sono contento dei succhiasangue.

"Vieni dentro." Faccio un passo indietro, tenendo la porta aperta. Lei entra e fa un giro su se stessa, le mani sui fianchi. Per un momento vedo l'ufficio attraverso i suoi occhi. Le pile incasinate di carte, la poca luce che proviene solo dal bagliore di un vecchio computer fisso. Le lattine di birra vuote che traboccano dal cestino. Non proprio un ambiente di lavoro professionale.

Pazienza. È il mio lavoro e io faccio le mie cose quando voglio e come voglio. Ho smesso di farle per fare piacere a lei. Quei giorni sono finiti. Lei ha ucciso ogni legame avessimo tra noi.

Una vocina nella mia testa sussurra: *L'hai fatto succedere tu.* Devo ammetterlo, ho spento i sentimenti che provavamo reciprocamente nel modo più efficiente possibile. La nostra relazione era agli sgoccioli quando vi ho messo fine. Ma è stata Sheridan a piantarmi un coltello nel cuore per poi rigirarlo fino a che non è rimasto nulla. Niente amore, niente sentimenti. Da allora sono stato un guscio vuoto.

"Un vampiro, Robson, sul serio? Che diavolo sta succedendo?"

Diavolo. Ancora non dice parolacce. È ancora la perfetta principessina del branco, che lavora sodo per accontentare tutti. La sua famiglia, il suo branco, il suo alfa. Tutti tranne me. Non si fa problemi a trattarmi come una nullità.

In questo momento mi sta guardando dall'alto in

basso come se fossi una merda di cane sulle sue scarpe di marca. Le sue scarpe eleganti con i tacchi alti, che le fanno apparire le gambe lunghe e slanciate sotto a quella gonna, cazzo.

Inarco le sopracciglia di scatto c la fulmino con lo sguardo anche io. Chi cazzo si mette i tacchi alti per venire in un club sotterraneo per combattimenti?

"Cosa ci fai qui, Sheridan?"

Un dito con l'unghia perfettamente curata e smaltata mi si pianta nel petto. "Prima mi rispondi tu, lupo. Perché c'è un succhiasangue quaggiù? Questo è territorio del branco. Perché non l'hai buttato fuori e impalato, per dare l'esempio?"

"Non posso. Appartiene a Lucius. Abbiamo un patto."

Sheridan inspira di scatto. "Fai affari con i vampiri?"

"Cazzo." Mi giro, passandomi una mano tra i capelli. Odio i succhiasangue più di chiunque altro. Hanno trasformato il mio sogno in un incubo. "È complicato."

"Spiega."

Mi rigiro verso di lei, ringhiando. "Non sono il tuo lupo." Una volta lo ero. Ma mai più. Ecco perché è così difficile. "Non devo rispondere a te."

Raddrizza la schiena, il mento che si alza in quella posa testarda che conosco così bene. "Sono qui per conto del branco di Phoenix."

"Il padre di Garrett? Dovresti parlare con Garrett."

"Pensavo di trovarlo qui."

"Questo non è territorio del branco. Non più." Deglutisco per impedire al mio lupo di ringhiare nel petto. Odia i succhiasangue quanto me. "Abbiamo fatto un patto con il nuovo capo."

"Non ci posso credere. I lupi che conosco non farebbero mai e poi mai un patto con dei vampiri…"

"La Sheridan che conosco non sceglierebbe mai la gloria al posto dei suoi amici. Oh, aspetta, l'ha fatto."

Impallidisce. "È stato anni fa," sussurra. "Pensavo fossi andato oltre."

Mai. Non andrò mai oltre a te. Se parlassi, implorerei come un cane. Le chiederei di tornare, di perdonarmi, qualsiasi cosa. Invece di rispondere, alzo un sopracciglio canzonatorio. Crudele, ma se lo merita.

Distoglie lo sguardo e il colore torna alle sue guance in una vampa. Un ricciolo di capelli fa un giro perfetto attorno all'orecchio. Stringo la mano in un pugno per impedirmi di toccarlo.

Dopo un minuto, Sheridan si gira, il viso come una maschera gelida. "Sono qui a rappresentare il branco di Phoenix. Abbiamo sentito che il Fight Club stava attirando guai. L'Alfa Green mi ha mandato a capire cosa sta succedendo."

"A spiarci, intendi." Piego la testa di lato e scopro i denti in una malevola imitazione di un sorriso. "Proprio come ai vecchi tempi."

Si irrigidisce. Mi indica. "Vorrei un incontro con Garrett, per parlare di questa nuova presenza vampiresca e del suo significato."

"Allora chiamalo. Sono sicuro che tuo cugino sarà contento di sentirti. O non vi parlate più tanto?"

Preme le labbra tra loro e scuote la testa leggermente.

"Immaginavo. È quasi come se nessuno si fidasse più di te, da quando ci hai traditi."

"La mollerai mai, questa storia?"

"No." Sorrido per nascondere il lampo di dolore. È così bella. Così perfetta. Così irraggiungibile. Ha più possibilità una formica con il sole che io con lei.

Suo padre aveva ragione. Non avrei mai dovuto metterle addosso le mie zampacce sporche.

"Senti." La sua voce si ammorbidisce. "Non sono la cattiva, qui. Fight Club." Schiocca le dita. "Stai attirando attenzioni. Polizia, FBI, CIA..."

"Wow, wow, wow." Alzo una mano per fermarla, imprecando mentalmente l'agente Dune e la sua dannata crisi di mezza età. "Quella storia con la CIA non eravamo noi."

Scuote la testa. "Eri coinvolto. E ora la situazione si è fatta calda e stai stuzzicando gli umani sotto ai loro stessi nasi. Gioco d'azzardo. Combattimenti illegali. Droghe."

"Ehi..." Allargo le braccia. "Non ho niente a che fare con le droghe."

Si china in avanti e mi annusa in maniera evidente i vestiti. "L'ultima volta che ho controllato, la maria a uso ricreativo non era legale."

Ruoto gli occhi al cielo. "Magari ho una ricetta medica."

"Non me ne frega niente della maria. A me interessa la roba più tosta. *Sucre sang.*" Blatera qualcosa che sembra francese. "Sangue di zucchero. È una nuova droga che gira per le strade, ed è letale." Si ferma, gli occhi per un momento distanti. "Ecco perché i vampiri sono qui," dice a se stessa, come se l'avesse appena capito.

Resto in silenzio, assaporando lo spettacolo della sua figura avvolta in un completo aderente. Sta bene. Più make-up rispetto a una volta, e i capelli tirati indietro, ma il vestito castigato che indossa non nasconde le sue curve perfette.

Sheridan. Cazzo. È erba gatta per il mio lupo. Non erba gatta... strozzalupo! Dolcezza e veleno in un unico pacchetto perfettamente confezionato.

Come a darne prova, mi affronta: "Questa misera disputa territoriale con i succhiasangue implica chiaramente che non ve la sapete cavare da soli. Avete bisogno della nostra protezione. Magari addirittura di rientrare nel branco di Phoenix."

"Che cazzo dici?" Non riesco a tenere la voce bassa. "Siamo per conto nostro da anni, fin da quando tu..."

"Esistete soltanto perché noi lo permettiamo," dice, fredda come la sentenza di morte di un giudice. "Fai chiudere il Fight Club, Trey. O lo farò io."

CAPITOLO DUE

DODICI ANNI FA

Trey

LUPE IN BIKINI, bottiglie di birra vuote, sabbia in mezzo alle dita dei piedi. Il Parco di San Clemente è il posto perfetto per accamparsi con la gang in un fine settimana d'ottobre.

Mia mamma non fa la difficile, ma non sono sicuro di come la maggior parte di questi ragazzi abbia ottenuto dai loro genitori il permesso di venire: dev'essere perché a capo del gruppo c'è Garret, il nostro futuro alfa. Oppure hanno spudoratamente mentito e hanno detto che era una gita scolastica.

So che se fossi il padre di Sheridan Green non le permetterei mai di dormire nei paraggi di gente come noi. Come me. Perché corre il serio pericolo di essere marchiata qui e ora.

E non è solo il fusto di birra rubato a parlare.

Non abbiamo mai passato del tempo insieme prima:

frequentiamo cerchie completamente diverse, ma in qualche modo siamo finiti a giocare a frisbee insieme nell'acqua oggi pomeriggio. Ora sta appoggiata a me davanti al fuocherello che qualcuno ha acceso sulla spiaggia, la pelle delle spalle nude calda contro la mia, il suo profumo nelle mie narici. Non l'ho ancora toccata, più che altro perché non mi fido di me stesso. Non posso neanche credere che siamo qui insieme. Reginetta di bellezza, aristocratica del branco, studentessa modello: è tutto il contrario di me. All'età di diciassette anni lavora negli uffici superiori di Wolf Ridge con il resto dei capi, non ai piani bassi della fabbrica come me e mia madre.

Ed è la lupa più *strepitosa* che questo branco abbia mai visto.

Pensavo che sarebbe uscita con il figlio dell'alfa di un altro branco, qualcuno come suo cugino Garrett, che è e ha tutto. O addirittura Jared, che almeno ha un pedigree da mezzo-branco.

"Sai qual è la cosa che non capisco, Robson?" Ha la voce roca e morbida, così che solo io possa sentirla.

"Che cosa, tesoro?" Faccio un tiro dallo spinello che Jared mi ha passato e glielo offro. Scuote la testa, ma non percepisco alcun giudizio.

"Perché uno intelligente come te se ne stia dietro a cazzeggiare in classe durante la lezione. Se ti applicassi, potresti andare dritto al college da qualche parte."

Mi si stringe il petto, ma mi sforzo di ridere. Ho escluso il college parecchio tempo fa. Probabilmente quando la mia professoressa di terza media mi ha detto che, come il mio padre carcerato, non valevo niente, e che avrei dovuto portare il culo all'istituto professionale. "Cosa ti fa pensare che sono intelligente?"

"Non saresti nelle classi avanzate, se non avessi passato i test di ammissione. E fai bene ogni compito anche se non ti vedo mai studiare."

Sta prestando attenzione.

Già solo questo fa cadere in frantumi e ricostruisce da capo il mio mondo.

"No, la scuola non è per me. Non sopporto l'autorità." Le rivolgo il mio sorriso da ragazzo ribelle e lei mi si appoggia, gli occhi verdi illuminati dalle fiamme.

"La *sua* autorità la segui." Alza il mento in direzione di Garrett Green, il figlio del leader del nostro branco.

"Lui è diverso." Lo dico sul serio. Garrett sarà anche alfa al cento per cento, ma è uno di noi. Neanche a lui interessa niente di scuola e autorità. Non accetta il comando. Ha detto forte e chiaro a suo padre che non gestirà mai il birrificio. Ma più di tutto è un amico. È leale nei confronti del suo mini-branco di adolescenti come noi lo siamo verso di lui. Farebbe qualsiasi cosa per noi.

E ho avuto molto poco di questo nella mia vita, quindi sì, gli sto attaccato. Dove va lui, vado anche io. E di sicuro non andremo al college per diventare dei manager in giacca e cravatta di Wolf Ridge.

Sheridan volge lo sguardo di nuovo verso il fuoco.

Dall'altra parte del falò, Garrett ulula e si strappa di dosso i boxer. Con un grido di eccitazione, il resto dei ragazzi lo imita, sfilandosi i costumi e tramutandosi per ululare. Anche un gruppo di ragazze fa lo stesso, chiamando me e Sheridan. Lei si alza in piedi ed esita, lanciandomi uno sguardo insicuro.

Anche se darei il mio testicolo sinistro per vedere Sheridan Green nuda, non le permetterò mai di spogliarsi davanti al resto della banda. Sì, ci tramutiamo tutti insieme da quando siamo bambini, ma quello succedeva prima della pubertà. Prima che i nostri denti producessero il siero capace di marchiare permanentemente una femmina.

"Non qui, tesoro." La sollevo per la vita e corro, portandola verso le tende, mentre lei ride e si dimena perché la metta giù.

La poso in piedi davanti alla sua tenda e mi giro di spalle. "L'ultimo che cambia sembiante è peggio di un piede puzzolente!" Mi tiro giù il costume e mi tramuto, mentre lei è ancora abbassata dentro alla tenda.

Lancia un gridolino frustrato e poi sfreccia fuori, la sua pelliccia fulva folta e lucida. Corre al massimo della velocità fino all'acqua e io la inseguo, mordicchiandole le zampe posteriori, il mio lupo già pronto ad accoppiarsi, a marchiare.

Giù, bello. Sheridan Green è off-limits come una suora del Vaticano.

Al mio lupo non gliene frega un cazzo.

La vuole. Preferibilmente in forma umana, nuda e sulla spiaggia.

La vuole stanotte.

Presente

SHERIDAN

PER UN SECONDO, Trey si limita a fissarmi, gli occhi sgranati come se gli avessi sparato al petto.

Di nuovo.

Il dolore e la vergogna di quella notte tornano a me come una nebbia nera che mi avvolge il corpo. Ho tentato con tutte le mie forze in questi dodici anni di liberarmene, di credere di aver fatto la cosa giusta. Soprattutto da quando il branco di Tucson si è arrangiato da sé.

Il mio primo ragazzo poi arriva e manda all'aria tutto.

"Cazzo," dice con tono furente. "Cazzo, cazzo, cazzo." Dà un calcio al cestino dell'immondizia e lo fa volare.

"Adorabile," dico con voce suadente, fermando con il piede una lattina di birra che rotola a terra. "Sei sempre stato così eloquente."

"Non sei mai stata tanto stronza," ribatte, e mi irrigidisco.

"Non posso credere di averti amato," mormoro. Non lo dico perché lo senta, ma alza gli occhi di scatto, la rabbia che gli arrossa il collo. Stupido udito da lupo, così sensibile.

Alzo il mento, sfidandolo a commentare.

"Che cazzo di roba è questa, Sheridan?" C'è stato un tempo in cui mi scioglievo quando lo sentivo pronunciare il mio nome. Non va per niente bene che me ne ricordi ora. Trey è arrabbiato. Molto arrabbiato. Ma la

23

lupa dentro di me sente la sua passione e la interpreta in modo diverso. Ricorda quando il grosso corpo di Trey e tutta la sua rabbia contro il mondo si trasformavano in feroce passione che scatenava su di me. L'alchimia perfetta.

"Salti fuori dopo dodici anni e fai la voce grossa… Lascia che ti spieghi una cosa, tesoro." Punta un dito contro di me. "Non hai l'autorità di farmi chiudere."

"Il mio alfa sì."

"Quindi hai intenzione di scappare con la coda tra le gambe e andare da lui? Sei sempre stata brava a fare la spiona. Dodici anni non hanno cambiato un cazzo di niente."

Arrossisco. Un punto per il lupo arrabbiato.

"Non è per questo che sono qui." Trey viene verso di me, in modo che veda i muscoli gonfi del suo petto. Improvvisamente non riesco a pensare chiaramente. "Credo che tu ti sia stancata del tuo bel posticino nel branco e della tua bella vita. Vero, tesoro?" I bordi sfumati dei tatuaggi che ha sul collo mi riempiono la vista. Fa caldo, quasi tanto caldo da non riuscire a respirare. "Hai sempre voluto stare dalla parte selvaggia. È per questo che all'inizio siamo stati insieme. Io volevo mettere le mie sporche zampacce su una principessa del branco, e a te…" Il suo fiato mi scalda l'orecchio e mi gira la testa. "A te andava bene."

Fa un passo indietro per controllare la mia espressione inebetita. Mi guarda con volto soddisfatto. Sento il sangue che scorre più veloce, molto più veloce, e la mia lupa vuole sapere perché abbiamo ancora tanti vestiti addosso.

"È per questo che sei qui." Trey incrocia le braccia sul petto largo, chiudendosi con efficacia in se stesso. "Per avere un altro assaggio di vita da cani. Poi torni al tuo posticino comodo, dopo aver pisciato sopra a tutto ciò che ho fatto. Perché stai ancora cercando vendetta."

"Non è una questione personale."

"Col cazzo che non lo è." Tira indietro la bellissima testa, e riconosco il lampo di dolore sotto all'atteggiamento da lottatore. È proprio la cosa che mi ha attratto a lui quando eravamo ragazzini, l'aspetto che gli donava profondità. Non era uno dei soliti cretini citrulli che andavano dietro a Garrett. Aveva emozioni profonde, e anche se per la maggior parte del tempo le teneva imbottigliate, venivano fuori attraverso i suoi pugni. E con me, tramite la passione.

Vorrei solo avvicinarmi a lui e confortarlo. Per quanto sia arrabbiato, so che non mi farebbe del male. Non mi farebbe mai del male.

"Hai ancora il dente avvelenato con me."

"Non è vero." Deglutisco, cercando di inumidirmi la bocca. Ho bisogno di ricordarmi perché sono qui. Ho bisogno di ricordarmi che Trey è uno che sa giocare, e qualsiasi attrazione io provi per il suo bellissimo corpo da lottatore sarà presto annientata, perché nel profondo sta mentendo, sporco cane imbroglione. "Rappresento il branco."

"Non il mio."

Vorrei gridargli contro, chiedergli perché sta facendo lo stupido. "Il branco di Phoenix. Wolf Ridge. Il tuo vecchio branco."

"Quello non è mai stato il mio branco." Le sue labbra si muovono appena.

"Fammi il piacere," lo derido. "Vallo a raccontare a tua madre, comunque. Lavora ancora alla fabbrica. La vedo ogni settimana."

Socchiude gli occhi. "Io ci parlo due volte a settimana."

Ok, magari è stato un colpo basso insinuare che abbia abbandonato sua madre.

"Sai, mi sorprende proprio che tuo padre ti permetta di scendere dai piani alti per mescolarti con i comuni mortali." Si sposta dietro di me e lotto contro l'istinto di voltarmi, di guardarlo in faccia, di trattenermi dal dargli le spalle. È lui il predatore più grosso nella stanza, e la mia lupa lo sa. Non dovrebbe essere così eccitata. Ancora un po' di eccitazione nel mio odore e Trey o chiunque altro entri in questa stanza saprà come mi sento veramente. La mia lupa vuole saltargli addosso come se fosse un grosso albero tatuato.

Giù, bella!

"Non sono una principessa del branco."

"Quasi ci cascavo. Cosa ti hanno fatto diventare dopo la laurea al college? CEO?"

"Sono vice-presidente nelle Finanze." Incrocio le braccia sul petto. "Ma me lo sono guadagnato."

Trey ride sbuffando.

"No, dico sul serio. Ho fatto tirocinio ogni estate. Per quando ho preso la specialistica, avevo lavorato in ogni settore della società."

"In ogni settore?" Nonostante tutto, sembra impressionato.

"Sì. In fabbrica, a pulire i bagni. Ho anche fatto un'estate come addetta al marketing nei nostri eventi esterni e sponsorizzati. Quando eravamo a corto di personale, ho dato una mano dappertutto: cameriera, anche dietro al bancone."

"Preparavi i drink? Tu?" La voce di Trey è asciutta, incredula.

"Già."

"Bene, abbiamo bisogno di una barista per il turno. Mercoledì sera, ore sette. Mettiti la gonna." Fa una smorfia guardando come sono vestita. "Ma apriti la giacca."

"Ma non mi ascolti? Non puoi più organizzare combattimenti qui. Stai attirando troppe attenzioni."

"Allora non sei stata attenta, tesoro." Trey torna verso di me, e il calore mi invade il corpo. Lo fisso. Ogni nervo sta risuonando come un allarme antincendio. *Evacuare ora!* "Non se ne parla: non mi farai chiudere."

Si china in avanti, gli occhi fissi su di me. Piegando la testa di lato, tira su con forza col naso. "Vaniglia e arancia," dice con voce suadente e profonda, e l'eccitazione mi inzuppa in mezzo alle gambe. "Molto buono."

"È il gusto della nostra nuova linea di preparati stagionali," dico, ripetendo come un pappagallo lo slogan della nostra società. "Birre di frumento. Molto popolari." Il mio cervello sta andando con il pilota automatico, tutti i neuroni disponibili deviati e quasi incapaci di trattenermi dall'afferrare i grossi bicipiti di Trey con entrambe le mani e strofinarmi contro di lui come una gatta.

"Qualsiasi cosa sia, mi piace. Hai un odore tanto

buono che ti si potrebbe mangiare." I suoi occhi lucci-cano e stanno diventando argentati. È il suo lupo che mi guarda. Niente bene.

Gli sbatto un tacco sul piede. Abbastanza forte da perforare con la punta dello stiletto lo spesso cuoio dello scarpone.

"Ahi," grida, saltando indietro. "Che cazzo fai?"

"Dannazione," sibilo, alzando la gamba. Il tacco si è rotto. Indico il suo scarpone. "Hanno la punta d'acciaio quegli affari?"

"Regolamento di fabbrica." Le sue labbra si piegano ancora. Dio, la smetterà mai di guardarmi con disprezzo? "Conosci noi Robson. Non ha senso sprecare un'istruzione da college con noi. Noi lavoriamo ai piani bassi."

"Piantala," dico bruscamente, non più arrabbiata per la scarpa. Odio quando dice di non essere intelli-gente. "Hai un cervello, Trey. Te l'ho detto anni fa. Hai solo scelto di non usarlo." Mi tiro su la gonna e appoggio il piede sulla scrivania, scoprendo la gamba proprio davanti a lui.

"Cosa stai facendo?" chiede Trey con voce strozzata.

Un filamento di soddisfazione mi si infila in gola. Avrò anche perso un tacco, ma sto riguadagnando terreno. "Mi levo le scarpe." Faccio scivolare le dita sulla coscia per slacciare le giarrettiere. "Ma prima mi devo sfilare le calze. Non voglio che si sporchino."

Il pomo d'Adamo di Trey si alza e riabbassa mentre lui deglutisce. Si lecca le labbra, fissandomi le gambe. "Non puoi andare là fuori a piedi scalzi."

"Sono una lupa tosta," gli rispondo acida, facendo

28

scendere la calza sul polpaccio. Magari ci metto un secondo o due più del necessario, ma lo sguardo stupefatto di Trey vale il gioco. "Guardami."

～

Trey

Per un secondo lo faccio, guardo lo spettacolo. E che il cielo mi aiuti, mi piace. Le dita affusolate di Sheridan abbassano pian piano la calza, scoprendo una gamba perfetta. Ne toglie una, poi l'altra, le appallottola e le infila dentro alla scarpa rotta, rialzandosi per lanciarmi un'occhiata di trionfo. "Se non hai intenzione di discutere le cose come una persona ragionevole, questa conversazione è finita." A piedi scalzi, ruota su se stessa per uscire. Non se ne parla che attraversi il club a piedi nudi: il mio club, con il pavimento ricoperto di bicchieri rotti e sporco e chissà che altro, cazzo.

Facendo ondeggiare i fianchi, fa un passo fuori dalla porta.

"Non così veloce." La afferro alla vita e la sollevo, mettendomela facilmente in spalla. Lei si dimena, gridando, le gambe che scalciano senza risultato, mentre la tengo stretta in una mossa da pompiere.

"Che diavolo fai?" dice gracchiando, ma mi sto già muovendo, attraversando il locale a grandi passi, passando accanto a mutanti sorpresi. Alcuni si voltano e indicano, portandosi la mano alla bocca quando vedono che sto portando fuori dal mio ufficio una gonnella rabbiosa. Con la coda dell'occhio, vedo Grizz. Il grosso orso mutante scuote la testa.

"Trey! Mettimi immediatamente giù, altrimenti…"

"Continua a gridare, tesoro." Rido, liberando la mano destra per dare una sculacciata al suo dolce culo. "Assicurati che nessuno nel locale si perda lo spettacolo."

"Ti ammazzo!" grida Sheridan, i pugni che picchiano contro la mia schiena. È forte, ma io lo sono di più.

"Puoi provarci. Possiamo fare un provino. Stiamo pensando di inserire più lottatrici femmine. Magari di farle combattere nel fango, nude. Pagherei per vederti."

"Tu, tu…" La sua voce si disintegra in un ringhio mentre mi pianta le unghie nel culo. Il bruciore mi sfreccia dritto al cazzo. Maledizione, Sheridan che mi provoca dolore è una cosa che il mio uccello adora. Potrebbe segarmi le gambe al ginocchio, e verrei comunque.

"Così, bellezza, tirami via un pezzetto. Aggressivo mi piace," mormoro, mentre spingo la porta ed esco al buio. Sheridan ringhia, ma smette di divincolarsi tanto. Mi godo gli ultimi passi attraverso il parcheggio. Passo in mezzo a una banda di motociclisti curiosi e mi dirigo verso l'auto di Sheridan. La Mercedes bianca decappottabile che suo padre le ha regalato per il diploma. Un regalo perfetto per il suo angioletto perfetto.

La metto giù direttamente sul sedile anteriore, con la maggiore delicatezza possibile, prima di tirarmi indietro velocemente. Non voglio prendermi un pugno nelle palle. "Dove alloggi?" Glielo devo chiedere: niente potrà mai cancellare l'innato bisogno che ho di prendermi cura di lei, di accertarmi che sia al sicuro.

Mi guarda, i capelli arruffati, le guance arrossate e gli occhi che brillano di rabbia e… di qualcos'altro. "Ho affittato un Airbnb sulla Meyer Street. Vicino al centro congressi."

Non riesco a concentrarmi sulle sue parole, perché l'odore della sua eccitazione mi colpisce e inciampo all'indietro. Oh cielo. È eccitata.

"Beh, fai pure il check-out, tesoro," le dico. "Non tornare qui."

Se ne va sollevando la ghiaia. Resto fermo lì, immobile, mentre i sassi mi ricadono sui jeans. Il bruciore non è niente che non mi meriti.

"Trey." Una figura alta e oscura esce dall'ombra dietro alle moto. Il mio migliore amico, Jared, viene avanti, la fronte aggrottata per l'incredulità. Punta un pollice in direzione della Mercedes che si sta allontanando. "Quella era…"

"Già," rispondo, e giro i tacchi per tornare nel locale. Non voglio parlarne.

Sheridan Green. Cazzo.

CAPITOLO TRE

DODICI ANNI FA

Sheridan

"Ho sentito che passi il tempo con il ragazzo dei Robson." Mia madre tira fuori l'argomento causalmente durante la cena, sapendo benissimo che attirerà l'attenzione di mio padre.

Infatti smette di masticare la sua bistecca e mette giù la forchetta. "Come scusa?"

Ruoto gli occhi al cielo e prendo un boccone di carne. "Io passo il tempo con un sacco di ragazzi." Non è una bugia, ma *è* una risposta piuttosto codarda. Trey significa più degli altri lupi per me. E non stiamo solo passando del tempo insieme: è il mio ragazzo.

Le mie amiche non capiscono. Trey non è materiale alfa. Sua madre è fondamentalmente omega in questo branco, ed è fortunata che il nostro alfa la lasci restare a Wolf Ridge dopo che il marito ubriaco ha causato una sfilza di guai con la polizia umana.

Ma io so la verità. Trey potrà anche sembrare un ribelle, con il suo piercing al labbro e un sacco di tatuaggi sulla pelle. Magari ha anche l'aspetto di un poco di buono, perché fa presto a finire nelle zuffe con il suo amico Jared, ma non è un delinquente. È tranquillo. E anche premuroso, ho imparato. E intelligentissimo. *A volte l'apparenza inganna.*

Decisamente sottovalutato.

Forse ho una propensione ad aggiustare le cose rotte. Forse sono solo affascinata dall'attrazione dei suoi intensi occhi azzurri, quelli che mi guardano sempre. Quelli che diventano d'argento alla luce della luna.

O forse non c'è modo di spiegare quest'attrazione: i nostri lupi si piacciono e noi li stiamo assecondando.

A ogni modo, so che Trey è quello giusto.

Il ragazzo a cui donerò la mia verginità.

"Non voglio che passi tempo con lui o con ragazzi come lui," dice mio padre, allungando la mano verso la ciotola di fumanti patate al forno e servendosene un'altra porzione.

"Perché?" La mia voce esce più fredda di quanto vorrei, ed è un errore.

Mio padre alza lo sguardo di scatto, cogliendo il mio tono e sapendo cosa inferisce. "Perché è gente proble-matica, e lo sai. Ragazzi così non vanno al college. Non vanno da nessuna parte. E sono ben inferiori a te."

"Tu pensi che ogni lupo sia inferiore a me, papà."

"Perché la maggior parte lo è. E in questo momento dovresti concentrarti sul college. Impegnarti solo a tenere la media alta e comportati come si deve."

Mi guardo platealmente attorno nel salotto, stupefatta. La mia sorellina Ruby ridacchia. "Sono per caso calati i miei voti? Mi caccio mai nei guai?"

Mio padre preme le labbra tra loro.

"No," rispondo per lui. "La mia media è del nove e mezzo, e sono ancora nella società d'onore, nel team di matematica Varsity, curatrice del libro dell'anno e…"

"Lo so," mi interrompe mio padre. "Solo non voglio che tu perda la concentrazione. Non quando manca così poco." I miei genitori sono sempre pronti a cavalcare i miei successi. Prima era mio fratello a sobbarcarsi le loro ambizioni. Ora il fardello è ricaduto su di me.

Guardo mia mamma per cercare aiuto, ma lei scuote la testa. Neanche a lei piace l'idea che io frequenti Trey. Entrambi i miei genitori preferirebbero vedermi piuttosto con il principe di un branco vicino. Una combinazione regale.

"È il mio ultimo anno di liceo. Ho già superato gli esami di ammissione. La mia candidatura al college è stata accettata. Penso di potermi permettere un po' di divertimento. Voi due non potete dirmi di non aver almeno tentato di godervi la gioventù prima che finisse, no?" Mi hanno raccontato diversi aneddoti riguardo alla loro storia d'amore al liceo, quindi so che si sono divertiti parecchio.

Mia madre lancia un'occhiata di sottecchi a mio padre e arrossisce, e io provo nel petto quel calore dolcemente sentimentale che sento ogni volta che vedo quanto si amano.

"Beh, non voglio comunque che tu esca con il ragazzo dei Robson," borbotta mio padre.

Stavolta non posso tradire Trey negando la nostra

relazione. "Penso che sia ora che vi fidiate di me e del mio giudizio. Sono praticamente adulta."

Mio padre sospira, ma vedo che ho vinto, per il momento. "Conto sul fatto che tu faccia scelte responsabili."

Gli rivolgo un sorriso allusivo. "Quando mai non è stato così?"

∼

Presente

Sheridan

Sto ancora respirando affannosamente quando imbocco il vialetto del bungalow che ho trovato tramite Airbnb per questo piccolo e divertente soggiorno a Tucson. Con *divertente* intendo tutto il contrario. Devo essere pazza per essermi offerta volontaria per questo lavoro.

È meglio avere amato e perso, che non avere amato affatto...

"Sì, giusto," mormoro. Chiunque compili quello stupido calendario delle citazioni, dovrebbe almeno provarci allora: ad amare con tutto il cuore e trovarselo poi strappato a brandelli. Intervento chirurgico per il bypass, senza anestesia.

L'Inferno non conosce furia pari a una donna respinta... Già questo è più vero.

Il mio cellulare suona proprio mentre sto risalendo a piedi scalzi il vialetto, con le scarpe rotte in mano.

"Pronto?" rispondo, la mente che vortica per gli eventi della serata. Maledetto Trey Robson. Ancora sexy. Ancora bello. E tremendamente irritante. *Come osa caricarmi in spalla come… come… come una 'donnina'! Chi diavolo pensa di essere?*

"Sheridan?" La voce di mio padre fa irruzione nell'offuscamento generato dalla mia rabbia. "Sei lì?"

"Ciao, papà. Sì, sono qui."

"Com'è Tucson?"

Non si può dire a parole. "Carina." Faccio le acrobazie con il telefono mentre cerco le chiavi. "Sono stata al Fight Club oggi. Garrett non c'era, ma ho parlato con uno dei suoi." *È più corretto dire che gli ho urlato in faccia.*

"Bene, bene." Mio padre sembra un po' distratto. "Emmett sta facendo qualche chiamata, ma io sono andato avanti e ho prenotato il bungalow per due mesi. Non si sa mai."

La prima chiave che inserisco nella serratura non è giusta. Cerco di trovarne un'altra e mi cade di mano una delle scarpe. "Grazie, papà. Non serviva. Ho i miei soldi. Sono stata vicepresidente, sai."

"Sei ancora vicepresidente," dice con fermezza. "Ho detto al direttivo che avevi solo bisogno di una pausa. Che al branco serviva qualcuno che gestisse il casino di Tucson, e che tu eri quella di cui ci fidavamo."

"Già." Provo un'altra chiave e non va. *Porca miseria.* Di questo passo, dormirò sul pianerottolo.

"Sistemerai presto ogni cosa e tornerai ben prima di quanto ti aspetti. Il dipartimento non è lo stesso senza di te. Non metterci troppo." La sua voce assume la solita cantilena che mi preavvisa che sta per fare una delle sue classiche battute. "Ho bisogno di te qui, così da poter andare in pensione."

"Ah ah." Faccio finta di ridere. In quarant'anni come direttore finanziario, mio padre non ha mai sgarrato dal suo programma quotidiano. La stessa scrivania, le stesse riunioni, la stessa saggia citazione quotidiana dal calendario. Il giorno che andrà in pensione, i lupi inizieranno a volare.

Inserisco un'altra chiave. Entra con facilità, ma la maniglia non gira. Con un sospiro, appoggio a terra la borsetta. Prima di voltarmi di nuovo verso la porta, un brivido mi sale lungo la schiena. Mi giro verso la strada.

Un veicolo nero con i finestrini oscurati entra nel vicolo cieco, passando lentamente davanti al bungalow. Non riesco a vedere chi ci sia alla guida. Alla fine della via, sembra fermarsi, e subito sto allerta.

"Ancora una cosa e ti lascio andare." Il tono di mio padre si fa professionale. "Non sappiamo esattamente cosa stia succedendo con il branco di Garrett, ma si vocifera che i vampiri si siano trasferiti a Tucson. Nessuno di quelli amichevoli, ma uno più vecchio che vuole fondare una nuova base di potere. Se chiederà di avere il territorio del branco, andrà a finire con la guerra. Stai all'occhio."

"Certo," sussurro. Senza un solo rumore, l'auto misteriosa è di nuovo in movimento, e riattraversa lentamente il vicolo.

Alla fine – finalmente – la maniglia ruota, dopo che ho inserito la chiave corretta. Apro la porta ed entro nell'appartamento in affitto che sa di muffa, abbassandomi per prendere la borsetta e la scarpa col tacco rotto, e lasciando quasi cadere il telefono.

"Fai attenzione. Contiamo su di te." Ci salutiamo ed entro in casa, lasciando rumorosamente cadere sul pavimento tutto quello che ho in mano. Chiudo la porta e faccio scorrere il chiavistello, con la mente che corre come un topolino. Chi c'era nella macchina nera?

Raccolgo il telefono dal pavimento e sfoglio d'istinto i contatti. Chi è meglio che chiami? L'Alfa Green ha cose più importanti di cui occuparsi. E poi si aspetta che porti a termine questo compito da sola. Ecco perché mi ha scelta.

Chiama Trey. Cancello il pensiero appena compare. Non chiamo Trey da quando eravamo al liceo. Probabilmente non ho neanche il suo numero.

Ma quando digito il suo cognome, vedo che ce l'ho. *Robson Trey.* Ricordo il suo sussulto quando l'ho chiamato per cognome stasera. Odiava quando lo facevo. Adoro il fatto di avere ancora un effetto su di lui. Se non mi ama, prenderò il suo odio.

Il dito resta sospeso sopra il familiare numero. Ora che lo vedo, ricordo: lo sapevo a memoria. C'è stato un tempo in cui lui era la prima persona a cui parlavo la mattina, l'ultima voce nel mio orecchio la sera. Ma non faccio affidamento su Trey da molto, molto tempo.

Fuori di qui, tesoro. Non tornare.

Tengo il telefono in mano e lo stringo con tanta forza, che sento la plastica scricchiolare.

Mai, mai, mai arrendersi.

Non ho diciotto anni, non sono una preda innocente

e vulnerabile, pronta per Trey. Non può spezzarmi il cuore. Non un'altra volta.

Stavolta non si sbarazzerà di me così facilmente.

CAPITOLO QUATTRO

DODICI ANNI FA

Trey

L'Alfa Green in persona viene a prenderci alla centrale di polizia, dopo averci lasciato passare una notte in cella. Niente riformatorio. Abbiamo tutti diciotto anni, quindi siamo finiti a quella della contea.

Emmett Green è grosso, imponente, come Garrett. Quell'uomo non fa mai un cazzo di sorriso, ma ora sembra addirittura pronto a commettere un omicidio.

"Possesso di marjuana." La sua voce sgocciola condanna. La legge del branco dice di stare alla larga dai guai con le autorità umane, quindi dev'essere incazzato nero che stavolta sia stato beccato suo figlio.

"Qualcuno ce l'ha con noi…" inizia a dire Garrett, ma suo padre abbaia subito: "Non dire una parola."

Garrett ha ragione. Qualcuno ha fatto la soffiata alla polizia. Sono venuti apposta a scuola a perquisire noi tre. Dev'essere stato qualcuno di vicino, qualcuno che sapeva dove ciascuno di noi teneva le sue scorte segrete: io sotto alla sella della moto, Jared nella tasca della giacca, Garrett nella sua macchina.

Qualcuno voleva ficcarci nei guai.

L'Alfa Green onora la sua richiesta di silenzio, riservandoci il trattamento più fottutamente freddo e privo di parole che sia possibile durante il tragitto verso casa.

No, non verso casa. Va dritto al circolo del branco. Io, Garrett e Jared ci scambiamo delle occhiate, mentre una temibile consapevolezza ci fa scorrere un brivido gelato lungo la schiena.

Hanno indetto una riunione.

Riguardo a noi.

Niente di buono, cazzo.

Entriamo, ed è proprio come temevo. Tutti gli adulti del branco sono in attesa. Un silenzio di tomba cala al nostro ingresso.

Sento uno stridio nelle orecchie. Lo riconosco: è lo stesso rumore che udivo quando mio padre picchiava la mamma. Quando è arrivata la polizia a prenderlo. Quando i ragazzi del branco sussurravano con la mano davanti alla bocca parlando di me, e gli adulti si sono incontrati per discutere se far restare me e mia madre.

Sento caldo in faccia, le dita e la lingua sono indolenzite.

Veniamo chiamati uno alla volta e interrogati. Non so neanche cosa viene detto. Rispondo dicendo la verità, meccanicamente. Non c'è strategia, non c'è riflessione. Sono già passato alla modalità la-vita-è-finita.

Restiamo seduti mentre il branco delibera.

Solo quando Lance Green – il padre di Sheridan –

va a testimoniare contro di noi, dicendo che bisogna punirci per creare un esempio, e sostenendo che siamo un pericolo per i lupi più giovani, ogni pezzo va al suo posto.

Te ne pentirai.

Sheridan.

Possibile che sia tanto arrabbiata da fare una cosa del genere? Chiamare la polizia e farci arrestare?

Dall'occhiata soddisfatta che il signor Green mi rivolge, sono piuttosto sicuro di sì.

Il nostro alfa non sembra contento al riguardo, ma vota anche lui contro di noi. E così siamo banditi dal branco.

Non per sempre: un'espulsione di quattro anni, dopo i quali possiamo fare richiesta di rivalutazione del nostro stato.

Garrett stringe le mani in due pugni, si alza in piedi ed esce a grandi passi dalla sala.

Io e Jared lo seguiamo, accompagnati dal suono dei singhiozzi di mia madre.

Presente

Sheridan

Mercoledì sera entro nel piazzale in ghiaia del Fight Club, parcheggio e salto giù dall'auto come se avessi premuto il pulsante di espulsione. La portiera sbatte con forza e controllo che non si sia ammaccata. Una folla di motociclisti si volta a guardare. Li ignoro e attraverso il piazzale di cemento dissestato, concentrandomi sulla porta del locale. Altrimenti rischio di fargli il dito medio.

Sono eccit-arrabbiata. Eccitata e arrabbiata, e stanca per essermi girata e rigirata nel letto tutta la notte con le parti basse che pulsavano. Mi sono rifiutata di masturbarmi, per principio. Non ho intenzione di star-mene stesa a toccarmi mentre immagino Trey Robson e tutte le cose che ci diciamo. Proprio *no*.

No! Il mio stivale colpisce un coccio sul selciato, e quando gli do un calcio un po' più forte del necessario lo faccio volare, mandandolo quasi a colpire uno degli aspiranti *greaser*.

"Attenta, sorellina," abbaia lui, passandosi una mano sui capelli perfettamente impomatati, come a voler controllare eventuali danni.

Lo guardo mostrando i denti. Osserva da capo a piedi la mia figura slanciata e si dimentica della propria ossessione per l'acconciatura. I suoi occhi scuri si accen-dono di apprezzamento e le labbra iniziano a formare un fischio.

"Non farlo," dico bruscamente, e lui sbianca. Il mio make-up da Lily Munster deve fare una bella paura. "Se volevo che mi fischiassero dietro come a una pin-up che passa davanti a un cantiere," lo informo con gentilezza, "mi sarei levata la giacca." Poi, per timore che gli uomini si lamentino che non sono mai carina con loro, mi sfilo di dosso la giacca di pelle morbida, mostrando il corsetto verde e nero che porto sotto. È stretto tipo Rossella O'Hara e fa meraviglie per le mie tette. Non che le mie ragazze abbiano tutto questo bisogno di aiuto. Giro i tacchi e me ne vado in un coro di grida di esultanza.

Quando arrivo alla porta del locale, mi sento marginalmente meglio. Senza rallentare, allungo entrambe le mani e spingo, sperando di far volare qualche corpo dalla parte opposta. Sono mutanti: se la possono cavare. *È arrivata Sheridan, troie. E stalloni da monta.*

Quando faccio sbattere la seconda porta della serata, tutti nella sala scura si voltano. Resto ferma con le mani sui fianchi: sono una regina e scruto il mio nuovo regno, offrendo a tutti un'occasione per guardarmi.

Ho fatto il meglio del meglio con il mio outfit. Indosso un abito con corsetto che ha una piccola gonna in tulle che mette in mostra il mio fantastico busto e i fianchi, abbracciandomi la vita. Il tutto completato da calze in pizzo e stivali New Rock che arrivano al ginocchio. Più punk che ragazza motociclista, ma funziona. Ho portato questa roba con me per ghiribizzo personale, pensando che questo viaggio lontana da mio padre e dal branco potesse concedermi più possibilità di fare festa. Gli stivali sono perfetti per il Fight Club: punta d'acciaio e belli pesanti. Non ho la minima intenzione di rompere un altro tacco in questa fossa.

Vado dritta al bancone e tutti si spostano per lasciarmi spazio. Un giovane dall'aspetto terrorizzato fa il giro del bancone verniciato e lancia la mia giacca su una mensola sotto al ripiano. Senza dire una parola, vado dritta al lavandino e inizio a lavare bicchieri.

Qualche minuto dopo, il frettoloso barista appare al mio fianco. È scuro e snello e ha un leggero odore di pelliccia. Giaguaro, se non sbaglio. "Ehi, sono Luka. Sei di turno?"

"Felice di conoscerti, Luka. Sì, sono qui per dare una mano."

"Grazie al cielo. Un William Wolf, liscio. Al leopardo all'estremità del bancone." Indica la bottiglia di whiskey e il cliente, poi corre via.

Prendo un bicchiere pulito e la bottiglia giusta, e avanzo verso il mio primo cliente, un robusto motocicli-sta. I suoi occhi si fissano sul mio seno schiacciato e spinto in alto e rimane immobile. Sorride. Sento odore di una buona mancia.

Poso gli occhi su un tipo molto alto che si trova un paio di metri dietro di lui, e piego le labbra in un sorriso. Grizz, il buttafuori grizzly, mi fissa, poi scuote la testa e si gira, massaggiandosi la testa come se gli facesse male. Non viene da me per buttarmi subito fuori. Buon segno. Il mio piano sta funzionando: entra, mettiti dietro al bancone e fai parlare la gente dei succhiasangue e del loro potenziale traffico di droga.

Fino a qui, tutto bene.

"Lavori qui da tanto?" chiede il mio cliente, sempre fissandomi il petto. Sembra un po' intontito. Piego la bottiglia e faccio scorrere il whiskey, piegandomi un po' in avanti in modo da concedergli una veduta migliore. Non intendo sprecare le mie armi più efficaci.

Poi lo vedo. In piedi accanto a Grizz, il mento piegato verso il basso, gli occhi di giaccio, il volto impas-sibile. Trey Robson mi guarda flirtare con un cliente del locale, e non può farci niente.

La mia serata mi è appena valsa un punto in più.

"Ho appena iniziato, a dire il vero," gli rispondo. "Sto facendo un buon lavoro?" Scrollo le spalle e gli occhi dell'uomo seguono il movimento dei miei seni. Lo sapevo che questo corsetto era un'idea pazzesca.

"Ah, ah," mormora il leopardo. "Penso di essermi innamorato."

"Mmm," mormoro in modo evasivo. Un'ondata di profumo mi avvolge, come una prima scarica di pioggia, forte e potente. Riconoscerei quest'odore ovunque.

Trey viene velocemente verso di me, gli occhi fiammeggianti e l'espressione buia. Si è irrobustito dopo il liceo. Ora è massiccio come una montagna e bello come un dio, e ogni molecola dentro di me freme mentre si avvicina.

"Cosa pensi di fare?"

"Di versare da bere." Fingo che la sua presenza non mi faccia nessun effetto, anche se ogni pelo delle mie braccia è ritto, elettrizzato da lui. Chinando la testa, mi guardo attorno alla ricerca di una salviettina da cocktail.

"Ci servono più salviette," dico a Luka, mentre mi passa accanto. Nel frattempo, Trey sembra essere sul punto di esplodere.

Eccellente.

"Hai detto che avevi bisogno di una barista." Lucido rapidamente qualche bicchiere, il mio sorriso si fa freddo.

"Le stavo solo mostrando le cose più importanti…" dice Luka, e si interrompe quando Trey si gira verso di lui con espressione che promette tempesta.

"In ufficio. Subito," mi ordina. La sua grossa mano si chiude su mio braccio, ma me la scrollo di dosso, rivolgendo al povero Luka un pollice all'insù mentre mi allontano.

Appena entro in ufficio, Trey mi si mette davanti. "Che cazzo ci fai ancora qui? Ti dico di andartene e tu ti presenti per lavorare?"

"Se non puoi batterli, unisciti a loro," dico scrollando le spalle. Sì, è una citazione del calendario.

"So che ci stai spiando."

"Sì. Ti piace il mio travestimento?" Metto le mani sui fianchi e faccio una posa da Wonder Woman che mette in mostra le mie ragazze. Gli occhi di Trey quasi strabuzzano fuori dalla sua testa. Poverino, non mi ha mai vista così. Dopo che ci siamo lasciati, ho dovuto abbandonare da qualche parte il mio lato selvaggio. Non posso fare molto sotto al naso di mio padre, ma una volta ogni tanto mi piace vestirmi come dico io e fare festa. E quando mi vesto come dico io, faccio le cose per bene. Abitini sexy, trucco folle, scarpe pazzesche... tipo Halloween. Me ne vado in giro come una sgualdrinella extra venuta fuori dal *Rocky Horror Picture Show*, ululando alla luna. Poi rimetto tutto da parte quando torno in ufficio lunedì mattina.

"No," mente. La fame che gli leggo negli occhi dice una cosa diversa. "Sheridan, cosa cazzo ti sei messa addosso?"

"Questo?" Giocherello con il fiocchetto di raso stretto subito sotto al seno. "Una cosuccia che avevo a portata di mano. Dovrebbe andare bene per le mance."

I suoi occhi si fissano per un momento sulle mie dita. "Non puoi indossare quella roba," dice con voce roca. Distoglie lo sguardo, massaggiandosi dietro al collo con una grossa mano tatuata. Le sue dita fremono. Vorrei che mi toccasse.

"Mi hai detto tu di mettere la gonna," dico con voce zuccherosa. So che è stupido, ma mi avvicino di più a lui. Ho i capezzoli che stanno morendo per la stimolazione, ma quando sfioro il suo petto duro il bisogno viene amplificato in tutto il corpo.

Gli occhi di Trey si infiammano, ma non si fa indietro. Abbassa la testa, così le sue labbra sono a due centimetri dalle mie, e ringhia: "Se fai la cameriera qui, io sono il tuo capo."

"Oh, e hai un dress-code?" Lancio un'occhiataccia di rimprovero alle carte sulla scrivania.

Trey arretra, scrollando le spalle mentre si leva la giacca. Mi cinge con le braccia e mi infila il pesante indumento di pelle. "Adesso sì."

Apro la bocca per fare un commento spiritoso riguardo a 'dress-code', 'discriminazione' e 'risorse umane', ma non posso parlare di normative della società quando le sue labbra sono così vicine, vicinissime alle mie.

La sua giacca ha ancora addosso il calore della sua pelle. Non ho intenzione di dire che ho lasciato la mia dietro al bancone, quindi mi stringo la sua addosso e rabbrividisco. Il mondo scivola via fino a che siamo solo io e Trey dentro a questa scatola nera. Niente spazio, niente tempo, solo un odore che mi dà alla testa e che sta crescendo tra noi, oltre al suo sesso che punta contro la mia pancia. *Sì, ti prego.*

Poi si schiarisce la gola e fa un passo indietro.

Cosa? No!

"Grazie per l'aiuto. Luka mi chiede di assumere qualcuno da quando la gente ha iniziato ad aumentare." Va alla porta e la tiene aperta senza guardarmi negli occhi. "Ti lascio tornare al lavoro."

Sono impietrita, troppo scioccata per poterlo anche solo fulminare con lo sguardo. Sono entrata qua dentro come un sensuale sogno gotico, e lui cosa fa... passa il giro?

Non che mi aspettassi che mi tirasse qui, mi strappasse di dosso i vestiti indecenti e mi scopasse contro il muro. Non volevo questo. Assolutamente no. Ho imparato nel modo più doloroso che Trey è uno che gioca.

Resto qui, mordendomi il labbro, e dopo pochi secondi mi rendo conto che sto fissando la sua cintura. Nello specifico, parecchi centimetri più sotto. Parecchi luuuuunghi centimetri.

"Cazzo," ringhia Trey, e se ne va, lasciandomi ancora più eccit-arrabbiata.

Molto, moltissimo eccit-arrabbiata.

～

Trey

Entro direttamente nella cella frigorifera. Magari mi raffredderà i bollenti spiriti. Seriamente, non riuscirò a superare questa notte. Sheridan Green vestita come una coniglietta di Playboy che salta per il Fight Club?

Il mio lupo sta ringhiando.

Voleva che la facessi subito mia al liceo, e non l'ho mai ascoltato. Ogni dannata volta che abbiamo fatto sesso, lui voleva marchiarla. Ma eravamo solo ragazzini, e lei aveva un futuro luminoso e splendente ad attenderla. Non intendevo imbrigliarla con il mio misero peso ancora prima che si diplomasse.

Probabilmente l'unico motivo per cui non mi è venuta la follia della luna è che stavo ancora crescendo. I miei ormoni non erano quelli di un uomo completamente cresciuto. Non ho raggiunto questa struttura alta e robusta se non molto dopo che lei era partita per Stanford.

Ben dopo che ci aveva fatti cacciare dal branco.

Ho un'erezione pazzesca dopo la nostra interazione là dentro, ma anche il petto è teso.

Stare così vicino a lei, vedere come la sua lupa ancora reagisce al mio... tutto ravviva il senso di perdita. Era bellissima da adolescente, ed è un vero schianto adesso. Tipo tredici su dieci.

Stappo una birra con i denti – sì, è la bionda di Wolf Ridge – e me ne scolo mezza.

Jared entra e si ferma quando mi vede, poi appoggia una robusta spalla contro la porta della cella frigorifera e ride. "Pensi di sopravvivere?"

"No, cazzo," rispondo bruscamente.

Punta un pollice verso il bar. "L'hai assunta?"

Mando giù il resto della birra e mi asciugo la bocca con il dorso della mano. "Stavo scherzando! Non pensavo che mi avrebbe preso alla lettera. Le ho solo detto di levarsi dai piedi e di non tornare, ma non mi ha preso sul serio, no? Cazzo."

L'espressione di Jared si fa seria. "Cosa ci fa qui?"

Lo guardo negli occhi. "Lo sai."

"La spia?"

Annuisco. Emmett Green ci manda spie dal giorno che ci cacciati via. Cavolo, il vice di Garrett – Tank – all'inizio era una spia inviata dall'Alfa Green. Non pensava che sopravvivessimo da soli. I grossi branchi ti fanno il lavaggio del cervello al riguardo per fartelo credere: i mutanti devono stare insieme, altrimenti non sopravvivono. Stronzate del genere.

Il branco di Wolf Ridge non avrebbe mai immaginato che ce la saremmo cavata. Ma tutti i giovani cuccioli se ne sono andati insieme a noi: avrebbero seguito Garrett fino all'inferno. Dopo che le accuse sono state ridotte a reati minori, ci siamo trasferiti a Tucson. Garrett ci ha messo al lavoro nel mercato immobiliare. Abbiamo fatto richiesta di *sweat equity* e abbiamo iniziato velocemente a fare soldi. Quando l'Alfa Green ha visto che avevamo successo, ha sborsato un suo capitale di investimento. Ora Garrett è proprietario della metà degli immobili del centro. Prendetevi questa, fottuti birrai di Wolf Ridge.

"Ha messo gli occhi sul Fight Club?"

"Dice che può farmi chiudere."

"Che str…" Jared rallenta e non pronuncia il resto della parola, quando vede la mia espressione.

Anche dopo tutto questo, non permetterò mai che parlino male di lei. In effetti è diventata un argomento intoccabile con me.

Ci avrà anche rovinato la vita, ma so che le sue azioni erano generate dal dolore. Sono stato io il primo a rovinarla. Lei ha solo risposto per le rime nell'unico modo che conosceva.

E anche se in parte sono ancora incazzato che non abbia imparato a conoscermi meglio – che non abbia continuato a credere che non le avrei mai fatto del male – so che sono tutte stronzate. Ho chiarito perfettamente con me stesso che si sarebbe allontanata da me senza mai guardarsi indietro.

Quindi mi sa che probabilmente siamo pari. O almeno lo pensavo.

Ma il fatto che si sia presentata qui e continui a farsi vedere in giro, strizzando il suo corpo in quel cazzo di vestito da depravata…

Devo interrogarmi sulle sue motivazioni. Sta cercando vendetta? O vuole solo farmi strofinare il naso su quello che mi sono perso? Perché di certo non percepisco da lei alcuna vibrazione di pace e riconciliazione. A meno che questi non siano i suoi preliminari e non stia sperando che possiamo cancellare tutto con una scopata epica.

Beh, se così fosse, ci sto. Il mio lupo ci sta dal momento in cui è arrivata in città.

Lancio la bottiglia vuota della birra in un bidone e supero Jared. Mi dà una pacca sulla schiena. "Coraggio, amico."

Sì, giusto.

Resistere a Sheridan è impossibile. A questo punto, è solo questione di quanto ci metterò a stenderla sotto di me. E se stavolta sfuggirà al mio marchio.

CAPITOLO CINQUE

DODICI ANNI FA

Sheridan

È tutta la settimana che non vedo Trey, il che è più che strano. Non mi ha mai dato alcun motivo di avere delle incertezze riguardo a lui. Riguardo a noi.

In effetti, da quella sera sulla spiaggia, quando ho fatto la prima mossa e mi sono accoccolata accanto a lui davanti al fuoco, tutta la sua concentrazione è stata su di me. Questo non significa che non vada fuori con i suoi amici, Garrett e Jared, ma di solito succede quando io sono troppo impegnata.

Questa settimana però sta lavorando sulle motociclette e va da Garrett ogni giorno dopo la scuola. Mi ha detto che oggi non avrebbe potuto darmi un passaggio fino a casa, quando ho mangiato con lui a pranzo, e l'ho visto distratto e silenzioso. Non che sia mai stato un gran chiacchierone.

È venerdì sera e gli mando un messaggio dopo cena.

Un gruppo di ragazzi ha programmato di andare sull'altopiano a bere qualcosa e passare del tempo insieme. È il solito scenario da fine settimana, e se non facciamo qualcosa da soli, in genere ci troviamo lì.

Io: *Vai all'altopiano?*

Trey: *No, ho della roba da fare.*

Mi si annoda lo stomaco, perché percepisco subito la bugia dietro alla facciata. Non mi ha mai mentito prima d'ora. Non è mai stato altro che schietto e diretto. Perché dovrebbe mentirmi? Ha a che fare con il vendere droga per Garrett? Magari sono nei guai. Non mi è mai piaciuto quel Garrett: Jared e Trey sono gli spacciatori di maria di Wolf Ridge e dei sobborghi vicini, tipo Cave Creek e Scottsdale. È tipo una cosa di cui abbiamo tacitamente concordato di non parlare.

Sì, sono lupi, il che significa che spacciatori umani e cannati farebbero fatica a fargli del male, ma una pallottola in testa ammazza comunque anche un lupo. E non si può neanche dire che siano intoccabili.

E con il passato di Trey – dopo quello che ha fatto suo padre – verrebbe spedito fuori dal branco in un batter d'occhio, se la polizia lo mettesse dentro per qualsiasi cosa.

Dato che non sono tipa da lasciar correre, lo chiamo.

Io: *Perché non mi dici veramente cosa stai combinando?*

Trey: …

Non risponde per cinque minuti. Poi:

Trey: *Vediamoci al nostro tavolo.*

So quale intende. Il tavolo da picnic dove abbiamo fatto l'amore la prima volta. Prendo la borsa ed esco, con il cuore che palpita nel petto. Immagino ogni genere di orribile scenario: Trey è stato già beccato dalla polizia, e nessuno lo sa; hanno uno spacciatore che gli sta dando la caccia; qualcuno si è fatto male.

Vado dritta in macchina al nostro tavolo da picnic e trovo Trey già lì. Sta guardando in direzione della città, oltre il versante della montagna. Il tramonto proietta fasci rosa e arancio sul terreno, riflettendo gli aghi di saguaro e facendoli luccicare.

Trey non si gira, il che mi genera un altro lampo di paura nel petto.

Mi porto accanto a lui. "Che succede?"

"Ehi." Non si volta a guardarmi.

Ho la pelle d'oca sulle braccia. Cosa diavolo potrebbe esserci di così sbagliato?

"Trey, *che succede.*" chiedo con maggiore insistenza.

Vedo la gola gonfiarsi mentre deglutisce. "Penso che dovremmo vedere altre persone."

L'aria mi esce dai polmoni in una risata strozzata. Non che pensi che stia scherzando. Per niente. È solo così lontano da quello che mi aspettavo, che il mio corpo sceglie la reazione sbagliata.

"Di che stai parlando?" La voce mi si spezza. Stringo le mani a pugno perché stanno tremando così forte che non so cosa fare. Vorrei tirargli un cazzotto, spingerlo giù dalla collina. Dirgli di rimangiarsi quello che ha appena detto.

"Sì. Alla fine dell'estate parti, quindi ho pensato che sarebbe meglio tagliare prima. Sono pronto a rimettermi in gioco."

"*Rimettermi in gioco?*" Il mio cervello quasi non riesce

a elaborare le sue parole: sono così insolite per lui. Trey non è mai stato un tipo da 'gioco', tanto per cominciare. Non ha senso.

"Stai cercando di assicurarti che vada a Stanford?" dico con voce roca.

Si gira, finalmente guardandomi, e giuro che non vedo altro che pura agonia nel suo sguardo, ma subito cambia e la sua espressione si fa più dura. Scrolla le spalle. "Tu vai via. Io vedo altra gente. Funziona così."

Barcollo all'indietro.

Non è Trey che sta parlando.

Non il Trey che conosco.

Trey non sarebbe mai così spietato, così crudele.

"È meglio così, Sheridan."

Gli do una spinta. "Dimmi di che si tratta, Trey. *Dimmelo.*"

Il dolore attraversa la sua espressione. Le labbra si stringono, poi le apre per parlare: "Ti sto lasciando libera di andare." Fa rigirare le chiavi tra le dita e si incammina verso la motocicletta.

Gli corro dietro, lo spingo sulla schiena. "Stai mandando tutto a puttane!" Le lacrime mi soffocano la voce e si riversano calde sulle guance.

Lui abbassa la testa, quasi senza girarsi a guardarmi. "Lo so." Ha la voce così bassa che un orecchio umano non sentirebbe una parola. Prima che possa rispondere, è in sella ed è partito: si allontana da me.

Da noi.

Da tutto ciò che pensavo avesse un significato.

～

Presente

SHERIDAN

"TUTTO BENE?" mi chiede Luka.

Appoggio la bottiglia con esagerata delicatezza, anche se vorrei urlare, e gridare, e piangere. È la serata dei dilettanti al club, e un gruppo di felini motociclisti è riunito attorno alla gabbia, urlando contro o in favore di uno dei loro amici. Trey non si vede da nessuna parte. Dopo il nostro incontro in ufficio, mi sta evitando.

E anche se ho passato la serata a scrutare negli angoli bui, cercando prove dell'attività legata a vampiri e droga, non ho visto niente. Neanche il baluginio di una zanna. Sto sgobbando, versando da bere e ridendo a deboli battute da rimorchio, e non avrò niente di cui fare rapporto al mio branco. Mi serve una maglietta: *Sono andata al Fight Club dei mutanti e tutto quello che ho ottenuto sono state delle macchie di birra sul corsetto.*

"Bene." Faccio un debole sorriso mentre mi versa uno shottino. Luka non è male come barista mutante: è un lavoro che richiede finezza e rapidità, oltre a un certo senso per le dinamiche tra mutanti, in particolare quando si ha a che fare con gattoni motociclisti ubriachi e pronti a fare a botte. Vuole disperatamente tenermi.

Di solito non bevo in servizio, ma stasera sono abbattuta, e questo non è il mio vero lavoro. Mi porto il bicchierino alle labbra e assaporo il bruciore.

Poi vedo chi c'è al bancone e quasi mi va tutto di traverso.

Nero, il succhiasangue, è appoggiato al ripiano di legno verniciato, i capelli biondi e setosi che gli ricadono sul viso. "Ri-ciao."

Sbatto giù il bicchiere senza preoccuparmi che si rompa. Sono una lupa, e mi sento più sicura se mostro la mia forza.

"Qual è il tuo veleno?" gli chiedo. "Non abbiamo tonnellate di arsenico qua dietro, ma per te…"

"Che scortese." Il vampiro mostra i denti. Fisso un punto sulla sua fronte, fingendo noia. So anch'io che non bisogna guardare un succhiasangue negli occhi. "E io che pensavo di darti una grossa mancia."

"Risparmiatela," mormoro, facendo per allontanarmi.

Tira fuori delle banconote e le sventola verso di me. Tutti pezzi da cento. Perché mai un vampiro si porta dietro tutti questi soldi? Indossa un bel completo di sartoria e sembra essere appena sbucato da un ufficio del centro con la targhetta sulla porta dice 'Analista', ma dubito che si sia guadagnato quella grana facendo investimenti. È qui per fare affari?

Mi fermo a rifletterci e lui sorride, pensando di avere attirato la mia attenzione con i verdoni.

"Hennessy Paradis."

Lotto contro l'impulso di ridere. Chi viene in un locale fatiscente di mutanti e ordina del cognac? Solo un vampiro.

Gli offro invece una bottiglia di Wolf Ridge. Una nuova IPA che la mia società chiama 'Luna-tic'.

Nerone fa una smorfia, come se gli avessi messo davanti un sacco piena di merda.

"Provala," dico con dolcezza. "Te la aromatizzerei, ma abbiamo da poco finito l'aglio." Non aspetto di vedere se la assaggia. Non mi interessa. Non c'è niente che vada bene in questo posto. Vampiri che gironzolano per un bar di mutanti come se fosse loro, e Trey sembra non curarsene.

Prendo uno straccio e asciugo il bancone, ma una grossa mano mi afferra il polso. Ringhio, cogliendo l'odore pietroso del vampiro.

"Stai ferma," sibila, un tono seducente che mi dà i brividi. I vampiri possono controllare la gente con lo sguardo. Ma alcuni di quelli più vecchi ci riescono anche solo con la voce.

"Lasciami andare," ringhio, e lui obbedisce, ma resta vicino, le dita ben curate che tamburellano sul bancone.

"Devo darti la tua mancia, lupacchiotta."

Vorrei afferrare una bottiglia e fracassarla sul bancone per usarne i cocci per tagliare la testa al vampiro. Ma c'è qualcosa in ballo, e voglio scoprire cosa.

Tira fuori una banconota da cento dollari e la piega a metà. Giuro che se tenta di infilarmela tra le tette, lo meno. "Vieni alla riunione per il territorio, stasera?" mormora.

Mi immobilizzo. "Quale riunione per il territorio?"

"Abbiamo invitato i lupi a una discussione. Mezzanotte. Estuario di Santa Cruz, a sud della Congress."

Alzo la testa e guardo l'orologio alla parete. Sono quasi le undici.

Nerone lascia cadere la banconota sul bancone, si

porta un dito alle labbra e si dilegua, lasciandomi impietrita.

"Va tutto bene?" chiede Luka per la seconda volta.

"Sì." Cerco di scuotermi di dosso l'inquietante brivido che mi pervade gli arti. Non c'è niente di naturale in un vampiro. "Da quanto i succhiasangue girano da queste parti?"

"Dall'inizio. Ce ne sono alcuni in città che gestiscono il No Return, un locale notturno sulla Congress." Il mutante scrolla le spalle. "Sono ok. Ma questo è un gruppo nuovo. Lucius Frangelico, un vecchio re vampiro, si è trasferito fuori Hollywood, per ricominciare da capo. Fanno così, sai, ogni cinquant'anni. Così la gente non si accorge che non invecchiano."

"Sì, ma cosa ci fa qui?" Sussurro la domanda a me stessa, guardando la schiena di Nero, mentre l'alto vampiro si addentra nel locale. Ignora il combattimento e va dritto verso una porta laterale, aprendola e scomparendovi dentro.

Luka prende la bottiglia che ha lasciato e la butta nel bidone, facendo tintinnare il vetro. Il rumore mi risveglia dalla mia trance.

"Ecco." Luka mi porge la banconota da cento dollari che Nerone ha lasciato. "Te la sei guadagnata."

A mezzanotte meno dieci, mi sciacquo le mani e scappo via dicendo a Luka che ho bisogno di una pausa. Mi faccio strada in mezzo ai gruppi di mutanti che stanno discutendo dell'ultimo combattimento, e quando raggiungo la porta laterale da cui è uscito Nero, esito solo mezzo secondo prima di spingerla. Non so cosa stia succedendo con i succhiasangue in un territorio che dovrebbe appartenere ai lupi, ma se Trey e mio cugino non intendono parlarmene, lo potrebbe fare Nero. Se no, magari potrà condurmi da questo Lucius Frangelico, re dei vampiri. Non appena lo scoprirò, potrò fare rapporto al mio Alfa e a mio padre, e tornare a casa. Prima che con Trey la storia si ripeta.

L'aria della notte è fresca sul mio viso mentre cammino. È facile, fin troppo facile, seguire l'odore del vampiro.

Trey

LA LUCE della luna inonda il letto del torrente, mettendo in evidenza i solchi assetati d'acqua. Non si sentono rumori, a parte l'autostrada in lontananza e i nostri piedi che calpestano la roccia secca.

"Quanto c'è ancora da camminare?" chiede Jared, proprio mentre una grossa ombra si stacca da un gruppo di rocce e si porta velocemente verso l'avvallamento vuoto.

"Lì." Tank, il vice del branco, fa un cenno con il mento, indicando l'ombra, che si distingue poi in diversi corpi. Sento la pelle d'oca mentre riconosco i nuovi arrivati. Scuri e vestiti in giacca e cravatta, con i capelli impomatati e un aspetto disumanamente bello. Vampiri.

Curvo automaticamente le labbra, mostrando i denti.

Garrett ci fa segno di andare avanti. Si porta a

grandi passi di fronte al gruppo di vampiri, fermandosi a pochi passi dal loro capo. Io, Tank e Jared ci disponiamo dietro di lui, presentandoci freddi e privi di paura. Alcuni altri membri del nostro branco assumono delle posizioni di sorveglianza, in caso i succhiasangue decidessero di tenderci un'imboscata. Finora hanno agito in buona fede, ma non mi fido completamente di loro. Non so a che distanza potrei lanciare un vampiro, ma sembra un ottimo metodo per alleviare lo stress.

"Alfa." Il capo dei vampiri saluta Garrett. Il re, come lo chiamiamo noi, è slanciato come un corridore, con pelle scura e un impeccabile completo di sartoria. Si chiama Lucius Frangelico e ha l'aspetto di uno che parla con uno stucchevole accento della Transilvania. Invece il suo tono è acculturato, come un giornalista della BBC. "Che bella serata hai scelto per il nostro incontro."

Dietro a Frangelico, gli altri vampiri ci fissano come serpenti, senza sbattere le palpebre. Sono tutti perfettamente vestiti e acconciati, con indosso completi scuri, come il loro capo. Sembrano dei fottuti yuppie usciti dai loro uffici per andarsi a bere una birra fresca, ma il loro odore mi dice che sono vecchi. Non siamo sicuri di quanti anni abbiano, ma tra me e un paio di amici hacker abbiamo rintracciato proprietà che il loro capo gestisce da oltre duecento anni. La società di copertura cambia a intervalli di qualche decennio, ma tutto riporta sempre a Frangelico.

"Sono contento che ce l'abbiate fatta tutti," risponde Garrett con disinvoltura.

Lucius piega la testa di lato. È un movimento naturale, ma ho la sensazione che sia una mossa studiata e più volte provata. Agita una mano in direzione della sua banda. "Questi sono i miei tenenti: Massimo, Nerone, Tiberio e Augusto."

"L'Impero romano ha chiamato. Rivogliono i loro imperatori," mormoro a Jared. Il mio migliore amico è scosso da una sommessa risata.

Davanti a noi, Garrett piega i pollici nei jeans e abbassa il mento. Per qualsiasi altro lupo sarebbe una posa di sottomissione, ma il nostro Alfa è così grosso che sta ancora guardando tutti dall'alto in basso, eccetto per il più alto dei succhiasangue.

"Sono un sacco di bocche da sfamare," dice pensieroso, e io e Jared smettiamo di scherzare.

"È per questo che ci incontriamo, no?" Lucius allarga le braccia. È piuttosto grande per essere un succhiasangue. La maggior parte di loro sono magri come ragazzini e – perdonatemi – anemici. "Per stabilire i territori."

"Tucson non è abbastanza grande per tutti quanti noi, più la tua banda."

"Noi preferiamo la parola *covo*," lo corregge Nerone. A un segno della mano da parte di Frangelico, avanza, offrendo un foglio di carta. "Ecco una mappa dell'area. Abbiamo contrassegnato un ampio territorio per i lupi, con accesso a tutte le catene montuose, ovviamente. A noi basta poterci collocare a ovest di Santa Cruz e a sud della Congress Street. Per andare a caccia e nutrirci in pace."

Al segnale di Garrett, avanzo e incontro a metà strada il vampiro dall'aspetto lindo, tenendo lo sguardo da qualche parte tra il suo orecchio e la sua spalla.

Senza toccargli le dita, prendo la mappa e la passo a Tank.

Lui e Garrett la studiano un momento, e quando Garrett alza lo sguardo i suoi occhi brillano di rabbia. "Vedi, abbiamo un problema qui. Perché voi non vi nutrite di conigli o cerbiatti. Voi andate a caccia di umani."

La luce della luna fa brillare le zanne di Lucius. "I miei figli sono addestrati troppo bene per mettersi a fare casino con il vostro cibo."

"Io ho sentito dire cose diverse. Ho sentito che avete avuto una disputa territoriale a Los Angeles e che le vostre vittime sono state prosciugate."

"È stata solo una piccola questione." Frangelico agita una mano. "Qui non ho nemici. Ti offro di continuare questo regime di benevolenza tra le nostre specie."

"Cosa ci offri esattamente?" chiede Tank, incrociando le braccia nerborute sul petto.

"La continua sopravvivenza del vostro branco," risponde Lucius, e la temperatura crolla di dieci gradi.

"Cosa ti fa pensare di poter sopravvivere a un combattimento contro il nostro branco?" chiede Garrett.

"Siete giovani. Avete appena iniziato a prendere delle compagne. Avete troppo da perdere." La voce di Lucius è pratica, mentre recita le sue ragioni. È piuttosto disinvolto per essere uno che ha appena minacciato la nostra intera esistenza.

E le nostre compagne.

Ma ha ragione. I membri più forti del nostro branco – Garrett, Jared e Tank – hanno tutti delle compagne che proteggerebbero a ogni costo. E in quanto a me, non è la mia compagna ma... cazzo, l'immagine di Sheridan con il suo maledetto abitino a corsetto si materializza nella mia mente, facendomi serrare le mani in due pugni. Morirci per proteggerla, senza pensarci due volte.

Forti ruggiti si levano dai petti di diversi lupi. Garrett fa un gesto secco con la mappa in mano e il branco tace.

"Qui dice che prenderete Phoenix come terreno per la ricerca di cibo." Garrett studia la carta che ha in mano. "Hai parlato con il branco di lì? Dubito che saranno felici di sapere che un nuovo covo di vampiri sta varcando i confini del loro territorio."

"Non andrà così." Una voce chiara arriva dal lato del dirupo e ci giriamo tutti. Sheridan appare in cima alla collina, scavalcando la barriera di cemento e scendendo il versante, calpestando i sassi sotto agli stivali.

"E questa chi è?" chiede Frangelico con tono brusco.

"È una di noi," dico velocemente, avvicinandomi a Garrett e Tank per informarli. "È Sheridan."

"Che cazzo ci fa qui?" Garrett aggrotta la fronte, ma fa cenno a me e Jared di andarle incontro. La incrociamo a metà del versante.

"Ri-ciao," dice con calma, come se non avesse interrotto una riunione carica di tensione tra nemici giurati. Ha ancora indosso la mia giacca, grazie al cielo. Il trucco gotico e il corsetto le danno un aspetto da Campanellino cattiva.

"Ciao." Stringo i denti e tendo una mano per impedirle di scivolare sui sassi malfermi. Sa di birra, mescolata al suo profumo di vaniglia e arancia. Gli odori che preferisco al mondo. Il mio uccello scatta sull'attenti.

Sono ancora incazzato nero. "Cosa cazzo ci fai qui?"

"Il mio lavoro," cinguetta, e avanza per andare incontro ai vampiri.

I succhiasangue aspettano con volti perfettamente impassibili, plasmati in centinaia di anni. Lucius si muove per primo, avanzando con un piccolo inchino. "Non penso che ci abbiano presentati."

"Sono Sheridan Green," dice, portandosi esattamente accanto a Garrett, come se fosse una sua pari. Come se appartenesse a questo posto. "Rappresento il branco di Phoenix."

"I miei tenenti non hanno fatto rapporto di alcun branco a Phoenix." Lucius guarda Sheridan inclinando la testa, interrogativo.

"Wolf Ridge," risponde Garrett per lei. "È a nord di Scottsdale. L'Alfa è mio padre."

"Ah sì. L'Alfa Green. Ho sentito del suo governo e delle scaramucce tra lui e suo figlio? Sei tu il figlio in questione?" chiede a Garrett.

"Come se non lo sapessi," mormora Jared, e resisto all'urgenza di ruotare gli occhi al cielo. Questo modo di Lucius di agire da finto tonto si sta facendo datato. Sta cercando di essere disarmante. Ma noi sappiamo tutto del fascino dei vampiri. Se permetti loro di adularti, sei finito. Diventi cibo da succhiatori.

Mi avvicino a Sheridan.

"Sì, sono io," risponde Garrett. "Ma come puoi vedere, non ci sono divisioni tra me e il branco di mio padre. Siamo uniti su tutti i fronti." La sua voce contiene un avvertimento. *Attaccane uno, e dovrai combattere contro tutti noi.* Un punto per il nostro alfa.

"Capisco," dice Lucius con tono compiacente. "È un bene che ci sia qui una rappresentanza di Phoenix. Il territorio proposto permette ai miei figli di nutrirsi lì come qui. Possiamo allargare le nostre prede."

"Allargare i cadaveri, intendi," tuona Tank.

Lucius fa un gesto di impazienza. "Niente cadaveri. E con l'apertura del nostro nuovo club, è anche possibile che non si debba neanche andare tanto lontano."

"Locale? Quale locale?" chiede Sheridan. Le poso una mano sulla schiena, per calmarla, ma non si ferma. Percepisco la sua tensione, ma affronta i vampiri con espressione calma, quasi annoiata.

"Il mio nuovo locale, il Toxic." Frangelico inclina la testa verso Sheridan. "Dovrai venirci a trovare, signorina."

"Non se ne parla," mormoro, e mi porto davanti a Sheridan, mettendo più corpo che posso tra lei e il re vampiro.

Lucius continua a sorridere a Sheridan, mostrando i canini. Lei risponde al sorriso, digrignando gli incisivi. Il suo outfit da creatura-della-notte ha un vantaggio: il vestitino sexy e il trucco fatto a opera d'arte sono un costume pazzesco. Combinati con la sua intelligenza, le permettono di incantare del tutto i vampiri. Benissimo. Con la coda dell'occhio vedo Nerone che si lecca le zanne. Reprimo un ringhio.

Un rumore di carta stropicciata e scattiamo tutti sull'attenti. Garrett mostra la mappa. "Con la finalità di un trattato temporaneo, accettiamo questo territorio," dice. "Ogni vampiro trovato all'esterno di esso, sarà assoggettato a punizione."

"Se qualcuno dei miei infrangerà le leggi, me ne occuperò di persona," promette Lucius. La sua voce è liscia, quasi come le fusa di un gatto. Il succhiasangue è soddisfatto.

Mi viene da vomitare. Non ho guardato la mappa, ma scommetto che il Fight Club è proprio dentro al territorio dei vampiri. Il che significa che probabilmente dovremo rendere omaggio o essere invasi da succhia-sangue che danno la caccia alle loro vittime. Non che non sia già successo. Garrett non ci ha mai permesso di cacciare via nessun vampiro, fino all'incontro con Frangelico.

"Aspetta," dice Sheridan. "Cosa mi dici del *sucre sang*?"

Cala il silenzio, mentre lupi e vampiri indistinta-mente cercano di capire ciò che ha detto. Sembra vaga-mente francese.

"Che roba è?" Lucius sembra sorpreso.

Sento il battito di Sheridan accelerare, mentre tutti gli occhi vengono puntati su di lei, ma tiene il mento alto e la voce forte. "Ne ho sentito parlare in relazione ai succhiasangue. Cioè, ai vampiri. Una specie di droga, giusto?"

Alcuni tenenti si scambiano occhiate eloquenti. Nerone si nasconde la bocca dietro a una mano perfetta-mente curata.

"Ah," esclama Lucius. "Il sangue dolce. Non avevo sentito il nome di strada. Non è una droga. Beh, non per gli umani, almeno."

"Non direttamente," mormora Nerone.

"È solo per vampiri." Lucius allarga le braccia e fa una faccia compiaciuta. "Se vieni al nostro locale, ti faccio vedere. Siete tutti i benvenuti, quando volete."

Un sommesso ringhio da parte di Garrett porta il re vampiro ad aggiungere: "Nessuno torcerà un capello a te o ai tuoi amici. Sareste i nostri onoratissimi ospiti."

"Va bene," dice Sheridan. All'inizio non posso credere alle mie orecchie. Sta smascherando il bluff del vampiro? Lucius inclina la testa e Sheridan aggiunge: "Ci vengo. Sabato sera." Poi mi guarda e l'espressione sul suo volto… è una sfida.

Il rumore che sento sono i miei denti stretti, che ricacciano indietro la mia risposta prima che dica qualcosa di cui potrei pentirmi, scatenando una guerra. Non posso però trattenermi dal fulminare Nerone con lo sguardo, quando avanza e si china verso Sheridan. "Ti divertirai, lupacchiotta. Me ne accerterò."

"Questa riunione è chiusa," ringhia Garrett, grazie al cielo, e uno per uno i lupi si voltano e tornano da dove sono venuti. Aspetto che Sheridan parta e guardo torvo in direzione di Nerone, prima di girare i tacchi. La risata del succhiasangue si leva appena mi sono girato, mi fa scorrere un brivido lungo la schiena e mi segue dal crepaccio.

Su alle macchine, Sheridan è circondata dal branco e sta parlando con Garrett. Non riesco a trattenermi dall'andare dritto da lei e prenderla per un braccio. "Ma che diavolo pensavi di fare?"

"Tieni giù le zampe, motociclista," mi dice bruscamente, liberando il braccio dalla stretta. Merda, mi ero dimenticato quanto fosse forte. "Non sei il mio capo."

La ignoro e mi rivolgo a Garrett. "Non è al sicuro qui. Il mio buttafuori ha detto che uno dei succhia-sangue – Nerone – si sta interessando a lei. La devi rimandare a Phoenix."

"Guarda che sono qui, testa di luna," dice Sheridan con veemenza. Ora tocca a lei afferrarmi il braccio e darmi uno strattone per costringermi a guardarla. "Sto benissimo. Sono in grado di combattere le mie battaglie."

"Col cazzo," ringhio, e parlo a Garrett da sopra la sua testa. "L'avete sentita? Intende entrare in territorio succhiasangue. Nel loro locale!"

"Ho sentito," dice Tank. "Penso sia una buona idea."

"Cosa?" Ruoto verso di lui. Giuro che sto per pren-dere a pugni qualcuno. Il mio lupo si dimena sottopelle, pronto a scatenare il caos.

"Lascialo parlare," ordina Garrett.

"Sappiamo che Frangelico è potente, giusto? Ma non sappiamo molto di lui. Dobbiamo saperne di più. Dare un'occhiata al loro locale è il modo perfetto per scoprire qualcosa di più."

"Allora perché non ci vai tu?" ribatto.

Tank scuote la testa. "Non posso. Ho un ruolo troppo alto nel branco. E poi sono una minaccia." Scrolla le enormi spalle. "Ci serve qualcuno che abbia un aspetto meno da malvivente. Più professionale."

"Una spia," concorda Garrett, voltandosi verso

Sheridan. Lei arrossisce, ma non abbassa gli occhi. "Che ne dici, cugi? Tanto sei già qui per controllarci."

"Non è così," protesta lei debolmente, e per la prima volta da quando è arrivata sembra incerta. "Non sono qui per spiarvi."

"Ah ah." Garrett inarca un sopracciglio. "Fammi almeno il favore di dire la verità."

Sheridan abbassa gli occhi. "Sono preoccupati, e non solo per i succhiasangue nel nostro territorio. Il tuo branco ne ha passate parecchie." Tira in dentro l'interno delle guance. Purtroppo il gesto mi fa pensare a qualcuno che fa un pompino, e l'uccello mi si indurisce del tutto. Quasi gemo a voce alta, mentre me lo sistemo nei jeans.

"Lo so. Chiamerò mio padre." Garrett fa brevemente una smorfia, ma poi la sua espressione torna impassibile. Noi ci scambiamo degli sguardi comprensivi. Sappiamo tutti come può essere l'Alfa Green. Dopotutto siamo cresciuti sotto di lui. Fino a che non ci ha cacciati via.

Il modo in cui alcuni del branco guardano Sheridan fa capire che non hanno dimenticato il ruolo che ha avuto nel tradirci. Sotto al peso dei loro occhi, la vedo perdere un po' di vigore. Era una di noi, prima di trasformarsi in una traditrice. "Stasera... stavo solo cercando di dare una mano."

"Una mano a chi?" La voce di Garrett è come una secca frustata.

Anche se sono d'accordo con lui, il mio lupo si agita per come le sta parlando. Gonfio il petto, le spalle si allargano. Garrett mi lancia un'occhiata e assume la stessa postura.

"A te." Il tremolio nella voce di Sheridan mi preoccupa ben più di quanto dovrebbe. Mi avvicino, rendo chiaro che sono ancora quello che la protegge, anche dopo che tutto è crollato.

Garrett scrolla le spalle. "So che devi seguire gli ordini del tuo alfa. Magari potrai essere utile a entrambi." La sua voce si fa meditabonda, e non mi piace la luce nei suoi occhi. "Cos'è che hai detto della droga gestita dai vampiri? Sangue di zucchero?"

"Ho solo i pettegolezzi che tuo padre mi ha raccontato. Nelle parti più squallide di Phoenix hanno iniziato a saltare fuori dei cadaveri. Drogati morti di overdose a causa di cattivi prodotti: questo è quello che pensano gli umani. Di qualsiasi droga si tratti, rende tossico il sangue delle vittime. Se ne assumono una quantità eccessiva, muoiono."

"Non è sufficiente per coinvolgere mio padre," brontola Garrett. "Non è interessato a una guerra di umani per la droga."

"No," gli consente Sheridan. "Il motivo per cui l'Alfa Green è preoccupato è che i cadaveri hanno delle ferite. Segni di zanne. Segni del passaggio di... vampiri."

Tutti nel branco inspirano di scatto.

"Pensi che ci sia dietro Frangelico?" chiede Tanks, gli occhi socchiusi, mentre fa due più due. "I suoi vampiri si stanno nutrendo troppo e troppo spesso, scaricando i corpi in giro e facendo passare le morti per overdose?"

"Esatto," conferma Sheridan. "È per questo che sono venuta qui. Stiamo ascoltando con attenzione le autorità umane per assicurarci di anticipare queste morti. In caso sia necessario intervenire."

"Intervenire," ripete Tank. "Intendi insabbiare."

Sheridan alza il mento. "Se dobbiamo, sì. Più sospette sono le morti, più gli umani ficcheranno il naso, curiosando attorno all'esistenza dei paranormali."

"Il che è pericoloso per tutti noi," commenta Garrett. "Quindi è per questo che stai spiando il Fight Club?"

"No." La voce di Sheridan è asciutta. "Il Fight Club è un problema a parte. Non fa che attirare polizia umana e canali dell'FBI. L'Alfa Green non ne è contento, per niente. Il locale mi è sembrato un buon posto da cui partire con le indagini. Poi ho incontrato il succhiasangue e mi sono resa conto del traffico di droga dei vampiri a cui il club potrebbe essere legato."

"Noi siamo puliti," intervengo. "Non permetto traffici nei paraggi."

"Sai bene quanto me che non c'è modo di monitorare quella roba, non al cento per cento," dice Garrett. "E anche se becchi un vampiro all'opera, non puoi fare altro che buttarlo fuori. Dovresti portarlo da Lucius perché sia punito a dovere, ma rischi di offendere il covo."

Stringo i denti perché è vero.

"Se può aiutare," si intromette Sheridan. "Non penso che i vampiri stiano trafficando con i mutanti. Solo con gli umani, che riescono più facilmente ad attirare come vittime. Penso che il vostro locale sia probabilmente più pulito di uno gestito da umani."

La tensione nel mio stomaco si allenta davanti alla difesa di Sheridan, e non solo perché voglio salvare il locale. Sentirla parlare a mio favore significa qualcosa per me. Più di qualcosa. Devo tagliare questo cordone che ci lega così stretti, anche dopo tanti anni.

"Ancora una cosa," aggiunge. "Sono qui per indagare e tenere al sicuro il mio branco, ma non voglio insabbiare le morti. So che dobbiamo nascondere le prove di attività paranormale sui corpi che vengono trovati, ma non sono qui per fare il lavoro sporco dei vampiri. Sono qui per fermarli."

Il mio stomaco sprofonda. Sheridan ha quella luce negli occhi, quella che dice che ha piantato la sua bandiera e che la supporterà a tutti i costi. Conosco quello sguardo. L'ultima volta sono stato io quello a cui ha scelto di stare accanto. Mi ci è voluto tutto per farle cambiare idea. E siamo scampati a malapena al crollo.

"Quanto hai appreso finora?" chiede Garrett.

"Niente di niente. Per questo voglio andare al club dei vampiri. Per andare dritta alla fonte."

Garrett e Tank si scambiano un'occhiata. Il grosso mutante, il vice del branco, annuisce al nostro alfa.

"Va bene," dice Garrett a Sheridan. "Andrai al locale."

"*No.*" Impreco gli dei, sono pronto a tramutarmi e combattere qui e ora. Sheridan che entra là dentro senza protezione? Preferirei piuttosto radere al suolo quel posto.

"Posso farcela. Andrà tutto bene," dice Sheridan rapidamente.

Garrett mi indica. "Tu andrai con lei," mi ordina.

"No." Tocca a Sheridan opporsi adesso.

"Sì," ribadisce Garrett. Non ne sono sicuro, ma mi pare che un sorriso gli pieghi le labbra per un istante. "Non posso mandarti da sola, cugi. Ma Trey sarà un ottimo rinforzo. I vampiri capiranno che sei sotto la protezione mia e di Wolf Ridge, e ci penseranno due volte prima di torcerti anche solo un capello."

"Va bene." Sheridan annuisce.

"No, cazzo," dico a denti stretti.

Garrett si volta verso di me. "Assicurati che nessuno la tocchi."

Gemo di nuovo.

"E tu…" Garrett si volta verso Sheridan, e per la prima volta inarca un sopracciglio notando il suo abbigliamento scandaloso. "So che non sei una lupa del mio branco, ma questo è il mio territorio, e sono responsabile nei tuoi confronti. La prossima volta che programmi di imbucarti a una riunione di vampiri, mi dai un cazzo di preavviso." La sua voce è carica di autorità.

"Sarà fatto." Sheridan abbassa la testa. Se fosse in forma di lupo, si sarebbe messa la coda tra le gambe. Ne sarei sorpreso, ma Sheridan si è sempre chinata davanti all'autorità, e Garrett ne ha a vagonate ora che è un alfa vero e proprio.

"So che sai difenderti piuttosto bene, ma fammi il favore di stare vicina a Trey. So che sarai tentata di metterlo in difficoltà…"

"Chi, io?" Sbatte le palpebre con fare innocente. Io mi acciglio.

"... ma evita. Già è pericoloso intrufolarsi in un covo di vampiri, con rinforzi o no," le dice. "Dovete stare vicini e presentarvi come fronte unito."

"Certo," dice Sheridan, proprio mentre io mormoro: "È un errore."

"Pensi che dovrei mandare qualcun altro?" chiede Garrett. Il suo tono è severo, ma so che me lo sta chiedendo sul serio.

"No." Do un calcio a un sasso, tanto preciso da farlo volare in aria. "Hai ragione."

Non se ne parla che la lasci andare con qualcun altro. Darei di matto se non potessi stare accanto a lei per proteggerla.

E poi lui e Tank hanno un ruolo troppo alto nel branco per poter andare al locale di persona. Metterli tra le grinfie dei vampiri potrebbe essere un invito all'assassinio o al rapimento. Abbiamo appena dichiarato pace, ma è meglio non stuzzicare troppo i vampiri. Un'aggressione all'alfa di un branco o a un suo vice significherebbe la guerra.

Potrebbe farlo Jared, se glielo chiedessi, ma si è appena preso una compagna. Io sono single, sacrificabile. E se perdo il controllo e spacco la faccia a un succhiasangue, il branco potrà registrare la perdita senza tante difficoltà. Dare la colpa al mio caratteraccio, darmi una bacchettata sulle mani. Sempre che me la prenda con un succhiasangue di poco valore, e non mi metta alle calcagna di Lucius.

"Lo farò," dico al mio alfa.

Sheridan aspetta che Garrett distolga lo sguardo prima di guardarmi inarcando un sopracciglio. Indossare una mise da ragazza sexy al posto di un completo castigato la dà davvero un'aria da insolente.

Devo tirarla fuori da quei vestiti.

Ma non per farle rimettere il tailleur.

Nuda.

Cazzo. No. Non così.

La sto fissando. Sgrana gli occhi, come se avesse capito quello che sto pensando, ma mi fulmina con lo sguardo, scuotendo la testa e assumendo un'espressione diversa.

Garrett se ne accorge e si acciglia. "Comportati bene."

"Certo." Sorride come un angelo pestifero. "Non lo faccio sempre, forse?"

∼

Trey

"Come facevi a sapere che saremmo stati qui, comunque?" chiedo a Sheridan quando la scarico accanto alla sua macchina nel parcheggio del Fight Club. Dopo qualche domanda, io e Garrett abbiamo scoperto che non aveva con sé l'automobile ed era venuta lì a piedi. Abbiamo fatto a turno a darle una lavata di capo, poi Garrett mi ha ordinato di darle un passaggio.

E così è successo che mi sono ritrovato di nuovo a guidare la mia motocicletta con le braccia di Sheridan strette attorno alla vita e il suo corpo morbido schiacciato contro la mia schiena, le zanne che mi si allungavano in bocca e il cazzo pronto a strappare la patta dei jeans.

Che fortuna.

"Sheridan?" le chiedo di nuovo, mettendomi davanti a lei, in modo che non possa schivare la domanda. "Come facevi a sapere che avremmo incontrato i succhiasangue al letto del torrente?"

Dal modo in cui esita prima di rispondere, capisco che la risposta non mi piacerà.

"Nerone," ammette. "È stato il succhiasangue Nerone."

La mia imprecazione riecheggia nel parcheggio.

"Trey, me la posso cavare."

"Ah sì? Perché avrebbe dovuto invitarti a una cosa del genere?"

Si morde il labbro. "Non lo so."

"Cazzo, ti sta dietro."

"Non puoi saperlo," dice rapidamente. "Probabilmente voleva solo gettare il branco di Phoenix nella mischia. Agitare le acque."

"Perché avrebbe dovuto farlo?"

"Non lo so." Mi guarda torva, come se il problema fossi io. "Perché i succhiasangue fanno quello che fanno?"

Impreco ancora un poco, calcio la ghiaia immaginando che sia la testa di Nerone. O di Lucius. Non me ne frega niente che mettere le mani addosso al re vampiro darebbe inizio a una guerra. Se minaccia di fare del male a Sheridan, vale senz'altro la pena di ucciderlo. "Non mi piace."

Sheridan ruota gli occhi. "Non sono contenta neanche di io di averlo alle calcagna. La prossima volta che mi tocca, lo sbatto contro il bancone." Si strofina il polso e la mia vista si fissa, il mio lupo tanto vicino che il pelo mi spunta dall'avambraccio.

"Ti ha messo le mani addosso? Cazzo, Sheridan, questi tizi sono pericolosi…"

"Pensi che non lo sappia?" Mi guarda dritto in faccia, indicando l'edificio. "Sei tu che li fai entrare. Questo posto ne è pieno zeppo!"

"Questa zona è terra di nessuno. Non siamo su territorio del branco, altrimenti Garrett dovrebbe sorvegliarci. In questo modo accogliamo tutti, ma questo significa che succhiasangue e mutanti sono liberi di girovagare. Non mi piace, ma è così che funziona."

"E tu cosa ci guadagni?" Si sposta più vicino a me, scrutandomi in viso, come se volesse davvero saperlo. "Questo posto è una discarica."

Faccio un passo indietro e mi chiudo. "Immagino che sia il posto giusto per reietti come me." Non credo che Sheridan pensi davvero questo di me: almeno non lo pensava quando eravamo ragazzi. Ma sto ripetendo le parole di suo padre, che non ha mai voluto che le ronzassi attorno.

"Non ho detto questo. So che ti piace combattere, ma…" Si ferma. "Ma questo posto, con il buttafuori da paura e i succhiasangue in agguato negli angoli, e gli ubriachi. È quasi come se avessi un desiderio di morte."

"Non intendo parlarne. Non sono affari tuoi. E poi proprio tu parli, che accetti gli inviti dai vampiri. E se avesse avuto in programma di beccarti da sola e incastrarti?"

"So badare a me stessa, Robson." Curva le labbra. "Non sei l'unico capace di combattere."

Mi trattengo dal ruotare gli occhi, ma solo per un pelo. Sì, è una femmina alfa forte, ma non è invincibile. Là fuori ci sono pericoli che vanno ben oltre un college fuori dallo stato o tenere i conti di un birrificio.

"Vuoi che te lo dimostri?"

Non tento neanche di nascondere la mia esasperazione. "No, Sheridan. Voglio che te ne stai fuori dal pericolo, cazzo."

"Io e te, nel ring," mi sfida.

Oh, per l'amore del cielo. Alzo le mani. "Ok, tesoro. Non occorre che ti metti sulla difensiva."

Incrocia le braccia sul petto. "Non sono sulla difensiva. Mi sto solo preparando a farti il culo. Dammi un orario, e vengo qui ed entro nel ring con te."

"Ok, ok, sai badare a te stessa," le concedo.

"Dammi l'orario, Robson." La sua voce diventa dura. "Pensavo che ti piacesse fare a botte."

La fisso per un lungo momento. Mi piacerebbe poter fingere che non sto immaginando noi due che scivoliamo in una fossa di gelatina o lottiamo nudi nel fango, ma il mio uccello si gonfia contro la cerniera. "Ok, va bene. Domani. A mezzogiorno."

La sua espressione mi colpisce come l'acido. "Preparati, Robson. Che ti aro il culo."

"Non vedo l'ora," ribatto, e ringhio per la mia misera risposta.

"A domani allora."

"Fottimi," mormoro.

"No, grazie. Già provato, già fatto, ho la maglietta." Si tira indietro i capelli e si leva di dosso la mia giacca. "Tieni." L'odore di arancia e vaniglia si alza dalla pelle, mescolandosi al mio. Sa di buono. Di giusto. Di come dovrebbe essere.

Ci fissiamo guardando l'indumento, dodici anni che si dipanano tra noi. C'è un sacco di pena e dolore, ma sotto ai ricordi di quanto ci siamo fatti male c'è molto, molto di più.

"Tienila," le dico con voce roca. Mi piace sapere che ha qualcosa che mi appartiene. Non è molto, ma è pur sempre qualcosa.

Si stringe la giacca al petto e annuisce. Qualcosa dentro di me scricchiola leggermente. Come sollievo che non mi abbia gettato in faccia il regalo. Diamine, sono ancora attratto da questa donna.

La guardo andare sicura alla sua auto, le anche che ondeggiano in modo invitante, e stringo le mani in due pugni. Non so cosa ho più voglia di fare: strangolarla o scoparla. Probabilmente entrambe le cose. Sì, sarebbe bello.

Trattengo il fiato fino alla scomparsa dei fanalini di coda. Quando finalmente espiro, mi sento a corto di aria, come se avessi corso per miglia. Come se mi avessero dato un pugno in pancia.

Sheridan Green. Fottimi. Fottimi, cazzo.

CAPITOLO SEI

DODICI ANNI FA

Sheridan

Percorro il vialetto che porta a casa mia con un sorriso malcelato che mi curva le labbra. Dopo la scuola una volta ammazzavo il tempo con i compiti e studiando le fitte pagine dei miei libri di testo, fino a che quasi non mi si annebbiava la vista. Trey ha cambiato ogni cosa.

Faccio i gradini due alla volta, sentendomi sciolta, agile e piena di energia. Il mio corpo canta la canzone di una donna soddisfatta. Arrossisco al solo pensiero. Una donna, non una ragazza. Trey mi fa sentire viva.

La mia euforia dura fino a quando ruoto la maniglia della porta d'ingresso. Appena la apro, mia madre mi si para davanti.

"Sheridan!" grida. Mio padre è in piedi dietro di lei.

Il sorriso svanisce dalle mie labbra. Cavolo, sanno dove sono stata?

"Mamma? Papà?" Scruto i loro volti.

"Allora, quando pensavi di dircelo?" chiede mia madre, e per un momento sto per svenire.

"Dirvi cosa?" sussurro, sentendo salire la nausea. Come hanno fatto a scoprire di Trey? Qualcuno gliel'ha detto?

Un sorriso radioso tende le labbra di mia madre e io sbatto le palpebre. Non potrebbe sorridere, se sapesse quello che ho fatto dopo la scuola con Trey.

"Di *Stanford*, sciocchina. La signorina Stefani, la consulente della scuola, ha chiamato oggi per vantarsi di te. Wolf Ridge è fiera di diplomare una ragazza che andrà a un'università della Ivy League."

Il tremito di nervosismo che sento in pancia da quando Trey ha trovato la lettera si fa più intenso, come un branco di anguille che mi nuotano nella pancia. "Beh, non sono sicura di andarci."

Il sorriso di mio padre si trasforma in cipiglio. "Di che stai parlando?"

"La California non è così lontana, tesoro," dice mia madre.

Giocherello con la cerniera dello zaino.

Mio padre socchiude gli occhi. "Si tratta di quel Robson?"

Mi sento stringere lo stomaco. "No," mento.

Entrambi i miei genitori sentono che la mia voce non sta dicendo la verità.

"Il tuo futuro è ben più importante di una sciocca storiella del liceo," dice mia madre.

"Ci andrai," insiste mio padre. La sua voce è gelida e convinta, come se stesse promettendo di portarmi di persona a scuola tra calci e strepiti, se mi rifiutassi.

Cerco di apparire poco scossa, come se fosse ancora una mia decisione, come dovrebbe effettivamente essere. Scrollo le spalle con indifferenza. "Ho mandato l'adesione, ma ci sto ancora pensando su." Cerco di rendere le mie parole sufficientemente sfacciate, come se fossi una donna adulta, e giro i tacchi per andare in camera mia.

"Non andartene così quando ti stiamo parlando." E proprio così, la conversazione fa dietro-front, passando di netto da *siamo fieri di te* a *sei nella merda fino al collo, signorinella.*

Per la prima volta in vita mia, considero l'idea di scappare di casa. È un pensiero affrettato e irrazionale, ma mi viene immediatamente in mente, come se fosse l'unica soluzione. Ho diciotto anni adesso: non dovrebbero pilotare la mia vita in questo modo. Trey verrebbe con me se fuggissi?

Mi fermo e mi giro, i denti stretti. *"Cosa c'è?"* Sì, so fare benissimo l'adolescente stronza.

"Andrai a Stanford," dice mio padre. "Non c'è niente da decidere."

Vorrei litigare e oppormi, ma mio padre sta tirando fuori il suo alfa e so che non avrei possibilità di vincere. Forse è per questo che il mio cervello ha prodotto la fuga come unica opzione a mia disposizione.

Lacrime di sconfitta mi salgono agli occhi, ma non permetto che le vedano. Invece mi giro velocemente e corro in camera mia, sbattendo la porta come una tredicenne.

Presente

SHERIDAN

Sono di ritorno al Fight Club a mezzogiorno meno un quarto. La luce del giorno non fa nessun favore a questo luogo, ma non posso fare a meno di calcolare il costo del pavimento, della vernice nuova all'interno, forse di alcune tribune attorno alla gabbia... questo posto potrebbe essere decente. Ovviamente vorrei cacciare via i vampiri, o magari fargli almeno firmare qualcosa che restringa la loro attività. Parte dell'emozione di questo locale è il pericolo: quello non vorrei farlo sparire del tutto.

I miei pensieri stanno vorticando attorno a moduli di rinuncia e licenze, alla vendita di liquori e ai costi di pulizie regolari, quando i miei occhi si posano sull'alta figura di Trey. È in piedi sotto a un cono di luce, il pulviscolo danza attorno al suo corpo potente. I tatuaggi non sono per niente male. Dei veri capolavori. Vorrei levargli i vestiti e costringerlo a raccontarmi le storie di come, quando e perché se li è fatti. Solo che in questo modo sarebbe nudo.

No! Giù, bella. Pessima idea.

"Sei pronta?" mi chiede, e trotterello verso di lui. Mi sono messa dei pantaloncini da yoga e una maglietta larga: il mio solito abbigliamento da palestra.

Aggrotta la fronte quando legge le parole sulla maglietta. "Fai solo *roba di culo* in palestra?"

Sorrido. "L'ho presa da Etsy."

"Lo sai almeno che cos'è la *roba di culo*?"

Spingo in fuori il mento. Vorrei che le guance non

avvampassero. "Sì. E mi attengo all'affermazione della mia maglietta. Almeno per ora." Mi mordo l'interno della guancia, dopo aver aggiunto l'ultima parte. L'espressione confusa di Trey si trasforma in quella di un animale affamato che fissa la sua preda.

Mi schiarisco la gola e fingo che non stiamo girando attorno all'argomento del sesso anale. "Lo facciamo nel ring? Intendo, il combattimento?" chiarisco, per impedirgli di pensare che stia ancora parlando di roba di culo.

Trey sbatte le palpebre e si dà uno scossone, come se si fosse appena ridestato da un sogno. Spero che non fosse un sogno che mi vedeva piegata a novanta, con le sue grosse mani che risalivano lungo le mie gambe e mi preparavano a prendere il suo uccello nella mia…

Ah! Piantala di pensarci.

"Ah già. Nel ring." Fa un cenno con la mano e mi porto all'interno del campo, felice di potergli voltare le spalle e nascondere così il mio volto in fiamme.

Sono arrivata a capire una cosa nelle ultime dodici ore, dopo averlo visto. Trey Robson è un prurito, un grosso, fastidioso e delizioso prurito, e prima o poi mi gratterò. So che è uno a cui piace giocare, so che non durerà. Dodici anni fa ha usato il mio amore e mi ha buttato via.

Ma sono una ragazza grande adesso, ed è il mio turno di usarlo e poi andarmene. Devo solo mantenere intatti il mio orgoglio e la mia dignità. E quando sarà finita, anche il mio cuore.

"L'hai mai fatto prima?" mi chiede, entrando

nell'area circoscritta dalle inferriate e chiudendo la porta di rete.

"Se ho mai combattuto con te?"

"No." Si acciglia. "Noi ci scontriamo tutto il tempo."

"Una volta no, però." Cerco di mantenere la voce indifferente, ma non ci riesco.

"Di chi è la colpa?" Inarca un sopracciglio biondo. Ha gli occhi di ghiaccio.

Mi stringo le braccia attorno per nascondere un brivido. "La colpa va a entrambe le parti, penso."

"Già."

Sono sorpresa che sia d'accordo, e tutti e due guardiamo il pavimento per un momento.

"Che ne dici di questo?" Mi avvicino a lui e gli porgo la mano. "Quel che è fatto è fatto. Tregua?"

"Tregua," ripete con voce morbida, stringendomi la mano. Adoro sentirmi cadere, cadere nel profondo dei suoi occhi color dell'oceano, cadere sotto l'incantesimo di Trey. Il tocco delle sue dita mi attraversa come un canto, tirando fuori ogni genere di ricordo di quando desideravo che mi toccasse per sempre. Dopo dodici anni che ci siamo allontanati l'uno dall'altra, che ci siamo allontanati dal rudere del nostro amore, vorrei essermici tenuta più stretta. Anche dopo che ci siamo fatti così male, potrei arrampicarmi tra le sue braccia e non lasciarlo mai.

Trey lascia andare la mia mano. L'incantesimo si spezza. "Pronta?"

"Sì." Saltello sulle punte dei piedi. Se non posso

abbracciarlo, posso colpirlo. È la cosa che comunque preferirei, tutto sommato.

Poi si leva la maglietta.

"Cosa…" Mi si seccano improvvisamente le fauci. "Cosa stai facendo?"

Lascia cadere la maglietta ai piedi, strofinandosi i tatuaggi sulle braccia. I suoi muscoli si gonfiano e flettono, perfettamente in mostra, senza che lui neanche ci provi. "Mi preparo a combattere, tesoro."

Socchiudo gli occhi. Vorrei dire che sta giocando sporco, ma poi dovrei ammettere che vederlo senza maglietta mi influenza. "Devo levarmi anche la mia, allora?"

Il suo sguardo si fa più oscuro. "Se vuoi."

Riconosco il suo bluff, mi sfilo la maglietta e la lascio cadere sul pavimento accanto alla sua. Ho le ragazze strizzate in un reggiseno sportivo rosa acceso. Spingono contro la stoffa, orgogliosamente in mostra.

Tocca a Trey essere frastornato, mentre io gli sorrido. "Chi la fa l'aspetti."

"La vendetta è una stronza," ribatte, ma un sorriso gli curva le labbra.

"No. La vendetta è una lupa che si chiama Sheridan." Con delle tette fantastiche.

Gli volto le spalle e faccio finta di fare dello stretching di riscaldamento. Non mi piego, né mi fermo in posizioni che metterebbero in mostra il mio fondoschiena. Certo che no. Sarebbe crudele.

Quando ruoto di nuovo, Trey ha gli occhi chiusi e si sta strizzando il setto nasale, inspirando profondamente.

"Tutto bene?" chiedo, con più innocenza possibile.

"Sì. Solo... sì. Tutto bene." Abbassa la mano e guarda dappertutto tranne che il mio volto, i miei fianchi o la mia scollatura. "Partiamo da una cosa facile. Io ti attacco e tu cerchi di fermarmi."

"Così semplice?" chiedo con tono asciutto, ma scrollo poi le spalle. "Allora attacca."

"Va bene." Espira. Poi si lancia addosso a me, gli occhi lampeggianti. I muscoli riempiono la mia visuale e per un momento vado nel panico...

Poi il mio addestramento di autodifesa entra in azione. Mi faccio avanti, afferro la sua mano sinistra, ruoto e tiro facendogli perdere l'equilibrio, sbattendo il mio sedere contro la sua anca e facendolo ruotare oltre la mia schiena. Sbatte contro il pavimento. Prima che possa riprendersi dalla sorpresa, gli pianto un ginocchio nel petto, bloccandolo a terra. "Arrenditi!"

Trey mi fissa dal basso, senza fare alcuna mossa per debellarmi o per assumere il vantaggio, anche se so che ne sarebbe capace. Le sue narici si dilatano, come se stesse inalando il mio odore, e vedo un luccichio argentato nei suoi occhi. Il suo lupo si sta mostrando. Dopo un secondo, mi alzo e arretro.

"Quando cazzo hai imparato a fare questa roba?"

"Al college." Scrollo le spalle. "Ho seguito qualche lezione."

"Buona cosa che tu ci sia andata, allora." Sussulta, proprio come me.

Lo fisso, qualcosa di vecchio e profondo che mi attorciglia lo stomaco. Quando mi ha mollato, ero sicura l'avesse fatto per accertarsi che andassi a Stanford. In modo che non rinunciassi all'opportunità a causa sua.

Ma poi…

Uff. Acqua passata. Non voglio pensarci.

"Scusa. È solo che non posso credere che tu…" Si guarda attorno nella gabbia, come se non sapesse come diavolo ci è finito dentro. Gli offrirei una mano per rialzarsi, ma non sono sicura che toccare la sua pelle sia una buona idea. Abituarmi alla sensazione della sua mano nella mia. L'aria tra noi crepita. "È come se fossi una persona diversa."

"No. Sono sempre io." Non gli dico che, dopo che abbiamo rotto, ho esaminato la mia vita. In superficie, sono andata al college e ho fatto di tutto per essere la lupa perfetta agli occhi dei miei genitori, ma sotto sotto stavo scavando in profondità per scoprire chi ero veramente. Avevo Trey da ringraziare, o biasimare, per il viaggio. Lui è stato il primo lupo della mia vita che ha visto la vera me, e mi ha amata com'ero. Alla fine la nostra relazione si è rivelata un disastro, ma anche un dono. Ho dovuto rinunciare a Trey, ma ho trovato me stessa.

"Non penso di averti mai vista con una maglietta da due soldi." Indica la maglietta da ginnastica appallottolata sul pavimento. "O con i vestiti di ieri sera. Non avrei mai detto che avessi cose del genere."

"Non è la roba che indosso tutti i giorni in ufficio," dico. "Ma mi piace divertirmi. Me lo hai insegnato tu," aggiungo, e arrossisco. Il suo particolare tipo di divertimento ci vedeva a cavallo di una motocicletta, o da qualche parte senza vestiti addosso.

"Non penso che Garrett ti abbia mai vista con tutto quel trucco in faccia. Quasi non ti ha riconosciuta."

"Mi è sembrato di vederlo sorpreso."

"Sorpreso? Si è quasi cagato nelle mutande."

Mi mordo l'interno della guancia.

"Oh, giusto, non dici parolacce," mi canzona Trey. "Un giorno riuscirò a farti dire la parola con la 'c' e le 'z' dentro."

Ruoto gli occhi al cielo.

"Andiamo," tenta di adularmi. "Solo una volta. Dillo."

"Va bene, ok." Alzo la testa e proclamo: "La parola con la 'c' e le 'z' dentro."

Trey sbuffa. "Te la farò dire."

"Dice l'uomo che è appena finito a terra."

"Prima o poi. Ti prenderò alla sprovvista. Te la farò gridare."

Socchiudo gli occhi. "Non succederà."

"Sì," promette, gli occhi socchiusi, lo sguardo pesante sul mio volto. Sento un formicolio alle labbra. "Cazzo, sarà così eccitante."

Alé. L'eccitazione mi si sprigiona in mezzo alle gambe, sentendo le parole di Trey. Non so neanche perché pensi che sentirmi dire la parola con la 'c' sia così eccitante, ma sentire che questa è la sua idea mi accende.

"Continua a sognare, cervello di luna," gli rispondo cerimoniosamente, e tutti e due scoppiamo a ridere. Trey si allunga sul pavimento e io mi sdraio accanto a lui, a distanza di un braccio. Mi sembra naturale.

"Seriamente, però," dice. "Perché hai imparato mosse come quella?"

"Vuoi saperlo sul serio? Devi promettermi di non

spaventarti." Alla sua occhiata intensa, sospiro. "Avevo uno stalker."

"Cosa?" Tutto il suo corpo viene scosso, e tendo una mano.

"Rilassati. È finita. Me ne sono occupata."

I suoi occhi sono chiari come quelli del lupo. "Chi era?" ringhia.

"Un deficiente. Famiglia ricca e privilegiata. Penso che sua madre fosse un giudice. Era ovviamente abituato a ottenere tutto quello che voleva. Una notte mi ha incastrata da sola in una stanza. Al piano di sopra, in una casa dove c'era una festa. La musica era assordante, così nessuno poteva sentirmi urlare. Mi si è avvicinato e mi ha spinta sul letto." Faccio una pausa, ricordando quella notte orribile.

"Cos'è successo?" La voce di Trey è densa, il lupo vicinissimo alla superficie.

"L'ho lanciato da una finestra."

Trey sbatte le palpebre.

"Ciò che non ti uccide, ti rende più forte." Recito le parole di saggezza di oggi e scrollo le spalle. "Non sono una vittima, Trey. Sono una lupa. Devo fare la parte della debole, proteggere il segreto del branco, ma lì ero sotto attacco. E lui se lo meritava. Dal modo in cui aveva programmato tutto, probabilmente l'aveva fatto con altre ragazze. Volevo fermarlo."

"Quindi l'hai lanciato da una finestra alta?"

"Era solo il secondo piano," dico in mia difesa. "Si è solo rotto le due gambe e un braccio, più un paio di costole. Siamo riusciti a farlo passare come un incidente."

"Hai lanciato fuori dalla finestra il tuo stalker," ripete Trey.

Spero che l'orgoglio nella sua voce sia reale e che non me lo stia immaginando. "Già." Alzo il mento. "L'ho defenestrato. *Defenestrare* significa *gettare fuori dalla finestra*," spiego, mentre Trey mi guarda con occhi vuoti. "L'ho imparato dal calendario 'Una parola al giorno'."

"Tu e i tuoi calendari." Trey scuote la testa, ma l'angolo della bocca si piega all'insù.

"Ora sei pronto a credermi, quando ti dico che so gestire un paio di vampiri?"

Piega la testa in basso. "Immagino di sì. Non mi piace ma… dannazione."

"Che c'è?"

"Sei cambiata. Mi piace. Mi piace. Un sacco."

"Grazie." Vorrei girarmi, nascondere l'effetto che la sua opinione ha su di me. Prima che possa farlo, alza una mano, tendendola verso il mio volto, ma si ferma. Resto immobile, fissandolo. Dopo un momento, mi scosta un ciuffo di capelli dalla guancia, e lo infila dietro all'orecchio.

"Sheridan," mormora. "Sheridan Green. Dove ti eri nascosta?"

Proprio dove mi hai lasciata, vorrei gridare. *A Wolf Ridge, a raccogliere i pezzi del mio cuore spezzato.*

Invece di gridare, rabbrividisco, mentre il suo pollice mi accarezza il labbro inferiore. Il suo tocco mi attraversa, facendomi fremere sempre più in basso.

"Sei sempre stata così dolce. Ma anche selvaggia." La sua voce si fa più profonda. "Almeno lo eri con me."

Questo è Trey! grida la parte sana di me. *Sta giocando! È un giocatore esperto!*

Il resto della mia persona sospira, mentre mi mette una mano dietro al collo, tirandomi a sé. I suoi occhi sono blu come un remoto mare tropicale, e il mio cervello vuole andare in vacanza.

"Così disobbediente. E gentile. E..." Le sue labbra sfiorano la mia bocca e chiudo gli occhi. "Apri, apri," sussurra, e obbedisco, le mie labbra che cercano le sue, la mente frastornata che si aggrappa ai suoi ordini come se fossero una cima di salvataggio. "Sì, così tesoro. Proprio così." Il bacio si fa più intenso, la sua grossa mano si intreccia ai miei capelli, ruotandomi la testa come vuole. Mi rilasso e lascio che prenda il controllo. Tutto il mio corpo canta, sospira, beve ogni parola e ogni carezza e ogni sussurro, fino a che sto fluttuando.

"Trey," sussurro, e lui risponde con un altro piccolo bacio. È una follia. Dovevamo combattere. Stavamo combattendo, e poi cos'è successo? La magia di Trey. Si tira indietro e gemo un poco, seguendolo con la bocca. Dovrei essere forte. Cosa stavo facendo? Posso essere forte.

Interrompo il bacio. Lui non forza più, ma china la mia testa in avanti, portando la mia fronte a contatto con la sua. Scuote leggermente la testa. Restiamo così per un momento, i nostri respiri che si mescolano, muovendosi in sincronia.

L'odore denso della mia libidine mi colpisce e mi ritraggo. Trey mi lascia andare e io mi metto seduta, respirando affannosamente, anche se non ci siamo neanche mossi. Vorrei poter avere delle parole sagge in questo momento, ma tutto ciò a cui riesco a pensare è una variante di *Dai a un uomo un pesce…*

Dai a un giocatore un bacio, e sarai sua. Insegna a un giocatore a baciare, e lui andrà a farlo con ogni dannata femmina nel raggio di centinaia di chilometri…

Mi schiarisco la gola, alla ricerca della mia voce. "Quindi sei convinto?"

"Di che cosa?" chiede, sbattendo le palpebre.

"Che so prendermi cura di me stessa. Perché se sei convinto, io, ecco, devo andare."

Si solleva su un gomito, il bellissimo volto ancora composto.

Prendo la mia maglietta ed esco praticamente di corsa dalla gabbia, fermandomi solo quando sono fuori pericolo.

"Ci vediamo sabato. Al locale dei vampiri. Alle otto. Se non ti vedo, aspetto dieci minuti poi entro senza di te."

"*Col cazzo,*" ringhia, mentre esco dall'edificio. Ma non è il mio capo.

Devo solo ricordarmelo.

CAPITOLO SETTE

DODICI ANNI FA

Trey

Accosto con la mia motocicletta sgangherata accanto all'uscita dell'autostrada di Wolf Ridge e appoggio un piede a terra, aspettando. Sheridan esce da sola e mi viene dritta incontro, non come se fosse felice di vedermi, ma più come se fosse contenta di mettere più distanza possibile tra lei e la scuola.

Ha un'espressione criptica e non mi sorride, né mi bacia. Fa oscillare la coscia muscolosa oltre la sella della moto e sale a bordo.

C'è qualcosa che la preoccupa.

Io sono un tipo taciturno di mio, quindi non devo sprecare parole per chiedere niente adesso. Me lo dirà lei quando sarà pronta.

Le porgo il casco e aspetto che se lo sia allacciato, prima di partire. Decido di saltare i nostri soliti posti – la

pizza da Vitale o il bar di Wolf Ridge – e vado direttamente verso le montagne.

So che quando sono giù di corda, liberare il lupo mi
fa stare meglio. Appena prendiamo la svolta per le
montagne, spingo sul gas, lasciando che la sensazione
del vento in faccia simuli una corsa a quattro zampe.
Penso che sia per questo che i giovani lupi adorano così
tanto le motociclette. Siamo creature fisiche. Percepiamo
tutto con il nostro corpo e restare rinchiusi in edifici o
automobili ci innervosisce.

Salgo a tutta birra fino in cima alla prima collina
pedemontana e parcheggio. Sheridan smonta e lancia lo
zaino sul tavolo, poi ci sale sopra e ci si siede, i piedi
appoggiati sulla panchina. Fissa il terreno deserto e
roccioso davanti a sé.

Mi siedo accanto a lei e le do una delicata spallata.

"Ehi."

"Mio fratello è morto oggi."

Oh.

So cosa intenda dire. Oggi è l'anniversario della sua
morte, non il vero giorno in cui è morto. Suo fratello,
Zach, era un astro nascente del branco. Quattro anni
più grande di noi, attaccante della squadra di football e
laureando, era già pronto ad andare alla Pepperdine. È
morto in un incidente in moto l'estate dopo il diploma.
Neanche un mutante resiste al fracassamento del cranio.

"Ti manca?"

Corruccia il viso e inspira con un piccolo singhiozzo.
"Un sacco. A dire il vero eravamo molto vicini."

Intreccio le dita con le sue e resto seduto accanto a

lei, ascoltando il canto degli uccelli, il lontano rumore del traffico sottostante.

"Ti preoccupi mai sulla mia moto?" Ci ho già pensato altre volte, ma non ho mai voluto tirare fuori l'argomento. Non ha mai manifestato paura, quindi ho immaginato che non fosse un problema. Ma dato che stiamo parlando di Zach, tanto vale discuterne.

"No. In verità adoro che tu abbia una moto. Mi ricorda lui in un modo positivo. Mi dava sempre un passaggio quando stava ancora facendo lezioni di guida. Mi ha anche insegnato a guidarne una, anche se i nostri genitori non volevano."

Le stringo la mano.

"Non mi preoccupo per te, perché sei attento. Non bevi quando guidi. Porti il casco. Prendi la cosa sul serio."

"Lui non lo faceva?"

Scuote la testa. "Pensava di essere invincibile. Niente casco, corse folli dopo aver bevuto… ti sei fatto un'idea." Si alza in piedi e ruota su se stessa, sorprendendomi mettendomisi a cavalcioni.

Le prendo il sedere tra le mani e la tiro più vicina a me, prima di poter pensare se sia o meno inappropriato, considerato ciò che sta passando. Ma lei sembra essere d'accordo. Mi stringe le braccia attorno al collo e mi bacia.

I miei ormoni prendono subito il comando e mi si indurisce il cazzo, premendo in mezzo alle sue gambe. Faccio scivolare una mano sotto alla maglietta per toccarle un seno.

Dondola contro di me. È da un po' che giochiamo così: più che altro seconda base. Strusciamenti, qualche palpata. Una volta sono arrivato vicino al terzo livello – sto morendo dalla voglia di darle piacere con la bocca – ma si è adombrata e mi ha spinto via. Rispetto completamente la sua volontà.

"Sono pronta, Trey," mi sussurra nell'orecchio.

Alzo la testa di scatto, il cazzo spinge dolorosamente contro i jeans.

"Ho comprato dei preservativi."

Se fossi un cartone animato, starei sputacchiando frastornato come un idiota sorpreso. Mai avrei sognato, neanche tra un milione di anni, che avrebbe fatto una cosa del genere. Soprattutto in un giorno come questo.

Ho giurato di non provare mai a fare niente quando beveva, ma la mia ragazza è sobrissima. E triste. E vuole che io migliori le cose.

E posso assolutamente farlo.

"Sei sicura?" Mi esce come un gracidio roco.

Si china in avanti e mi morde il collo. "Sì. Voglio *vivere*. Non posso spegnare tutto il divertimento per arrivare al futuro che Zach non ha avuto." Chiude gli occhi e scuote la testa. "Ha senso?"

"Sì." Sto respirando affannosamente, il mio corpo che sta già scattando in modalità animale. La faccio girare e le tengo la mano dietro alla testa mentre la sdraio supina sul tavolo. Sono sopra di lei in un secondo.

È la mia prima volta, ma il mio corpo sa cosa fare. O forse è il mio lupo. La bacio sul collo. Scendo e le mordicchio il seno.

Geme e si inarca sul tavolo.

Le tiro su la maglietta fino alle ascelle e libero i seni dal reggiseno rosa. Sono fottutamente perfetti. Abbastanza grandi da riempirmi le mani, giovani e sodi. I capezzoli turgidi diventano ancora più duri quando li succhio.

"I preservativi sono nella mia borsa," sussurra Sheridan. "Tasca esterna."

Diamine. È venuta preparata. O l'ha pianificato? Da quanto tempo sono là dentro questi preservativi? Non le dico che ne ho comprata una confezione un paio di mesi fa, giusto in caso arrivasse questo momento.

"Li vado a prendere tra un minuto," mormoro, e faccio scorrere la lingua sulla sua pancia piatta, facendola roteare nell'incavo dell'ombelico. L'odore della sua eccitazione mi solletica il naso e il mio corpo reagisce come se fosse un tiro di anfetamina.

Presente

Trey

SOGNO SHERIDAN per tutta la notte, ma non sono i sogni erotici della mia gioventù. Sono fottutamente angoscianti e dolorosi. Mi fa cadere a terra e mi prende a calci nelle costole, singhiozzando. Viene catturata e portata via dalla banda dei vampiri, e non c'è nulla che possa fare per tenerla al sicuro. Suo padre mi becca a letto con lei e tortura mia madre per punirmi.

Mi sveglio con la psiche livida e malconcia. Il bisogno di prendermi cura di Sheridan – di sistemare le cose una volta per tutte – mi consuma. Ma cosa posso fare di buono? Sì, ho deciso di prendere le distanze perché volevo il meglio per lei. Potrebbe essere utile farglielo sapere. Dirle che non ho mai smesso di amarla.

Cavolo, non sono neanche mai stato con un'altra ragazza dopo di lei. Il mio lupo non lo accetterebbe. Ha voluto Sheridan fin dal primo giorno che l'ha vista e non mi ha permesso di seppellire il suo ricordo con nessun'altra. Il branco mi chiama il 'monaco'.

Ma perché rivangare il passato? Non è cambiato niente. Sheridan è ancora la principessa del branco. Suo padre comunque non mi accetterà mai come suo compagno. Assicurarmi che andasse a Stanford non mi ha fatto guadagnare nessun punto con lei, ma neanche con lui. Ha solo definito ancora di più le nostre differenze.

Esco dal letto ed entro nella doccia. Sheridan è dappertutto nella mia testa, cazzo: mi circonda, i miei pensieri vorticano in cerchi infiniti di preoccupazione per lei.

E poi capisco perché.

È il 25 ottobre. L'anniversario della morte di suo fratello. La mia compagna sta soffrendo.

Chiudo l'acqua di colpo e afferro un asciugamano. Non me ne frega un cazzo di quello che è successo tra noi. Non m'importa se un futuro insieme è impossibile.

Se Sheridan ha bisogno di me, ci vorranno tutti i branchi della Terra per tenermi alla larga.

Mi infilo un paio di jeans, una maglietta e uno dei miei giubbotti in pelle ed esco. Grazie al cielo ho chiesto a Sheridan dove stava, cazzo. Monto in sella alla moto e vado alla Meyer Street, percorrendola in un verso e nell'altro, fino a che vedo la sua auto parcheggiata davanti a uno dei bungalow di lusso.

Ho la conferma che si tratta del suo alloggio dal dolce odore di vaniglia e arancia che mi avvolge mentre risalgo il vialetto fino alla porta.

Solo a quel punto mi viene in mente che potrebbe non apprezzare il mio supporto. Vaffanculo, devo offrirglielo lo stesso.

Busso. Viene alla porta, adorabile in un modo che mi spezza il cuore. I capelli color caramello le ricadono sulle spalle e indossa una maglietta morbida color malva che si appoggia ai suoi grossi seni, abbinata a un paio di jeans aderenti che sembrano l'essenza del peccato addosso a lei. Ma non è la solita, svelta e scattante. C'è un qualcosa di smorzato che mi stringe il cuore.

Ho fatto bene a venire qui.

"Trey?" La sua voce dolce e vellutata è bassa e confusa.

Faccio ruotare le chiavi della motocicletta attorno a un dito. "Vuoi andare a fare un giro?"

Sgrana gli occhi per la sorpresa, confusione e meraviglia colorano la sua espressione. Piega la testa di lato. "Perché?"

Scrollo le spalle. "So che questa giornata è dura per te."

Il suo bellissimo volto si contorce all'istante. Le lacrime le salgono agli occhi e si lancia tra le mie braccia. "Non posso credere che te ne sia ricordato."

Le accarezzo i capelli setosi. "Sì, certo che mi ricordo, piccola." Inalo il suo odore. "Certo che mi ricordo."

La schiena sussulta in singhiozzi silenziosi. "Mi manca ancora," dice con voce strozzata, le lacrime che mi bagnano il collo.

Faccio scivolare la mano sotto ai capelli e le massaggio il collo. "Lo so," mormoro.

Dopo un momento, si riprende, tira su con il naso e si stacca da me a testa bassa. "Vado a mettermi le scarpe."

Quasi mi gira la testa per il sollievo: verrà con me. Mi sta permettendo di offrirle il mio conforto per questa giornata.

Non sono tanto sciocco da credere che la cosa abbia un significato nel grande schema delle cose: sono solo riconoscente di poter stare insieme a lei oggi.

Torna con indosso la mia giacca e gli stivali sexy. Si è messa del lucidalabbra, che fa dimenticare al mio dannato uccello che solo due secondi fa stava piangendo.

Le porgo la mano e lei intreccia le dita alle mie, permettendomi di accompagnarla fuori dal bungalow e fino alla moto, parcheggiata lungo la strada, dietro alla sua macchina. "Dove? Sulle montagne?"

"Hai mangiato?"

Scuoto la testa. "No. Vuoi che prima mettiamo qualcosa in pancia?"

Prende il casco che le porgo e tira indietro i capelli prima di infilarselo. "Decisamente."

La porto a un nuovo ristorante messicano sulla Broadway, dove ci prendiamo dei piatti colmi di huevos rancheros con salsa verde e porzione doppia di avocado. Si riempie la bocca di cibo, da vera mutante in salute.

"Non pensavo di poter mangiare oggi, ma improvvisamente mi sento morire di fame," dice tra un morso e l'altro.

Sorrido. *Adorabile lupa.* "Bene. Saziati."

Si asciuga le labbra sul tovagliolo. "Allora, quanto fai in una settimana con il Fight Club?"

Oh cavolo. Ecco che arriva la Sheridan laureata in Gestione aziendale, con la sua mente brillante e la concentrazione laser puntata su di me.

Scrollo le spalle. "Quanto basta."

Manda giù un grosso sorso di acqua ghiacciata. "No, sul serio. Parliamo di numeri. Scommetto che ci sono punti dove si può migliorare il profitto."

Inarco un sopracciglio. "Credevo avessi intenzione di farmi chiudere."

Qualcosa scatta sul suo volto, rammarico forse. Abbassa gli occhi sul cibo e tira su un'altra forchettata. "Potrebbe non essere necessario."

"Mm," sbuffo in risposta.

"Non intendi dirmeli?"

"Che cosa?"

"I numeri. Vediamo, direi che io e Luka abbiamo tirato su circa novecento dollari in drink mercoledì sera, e il margine è probabilmente attorno al trenta per cento. Quindi seicento dollari di profitto. Avevi cinque persone di servizio, inclusa me. Quanto ti costano?"

Sono incapace di negarle questo giochetto per il suo cervello. "Duecento. Cinquanta verdoni a ciascuno degli addetti alla sicurezza, venticinque di paga base ai baristi. Ti pago la colazione," dico malizioso, dato che non ha mai visto la sua paga.

Ruota gli occhi al cielo. "Non mi interessa. Ho tirato su comunque un sacco di mance."

"Quindi quattrocento dopo aver pagato il personale. Paghi i lottatori?"

Scuoto la testa. "Quella è un'impresa diversa."

"Finanziata per mezzo delle scommesse illegali?"

Ovviamente è troppo intelligente per lasciarsi sfuggire quello che succede veramente. Scrollo impercettibilmente le spalle come conferma.

"Quindi quattrocento a serata. Quali sono le spese generali dell'edificio?"

"È nostro, quindi sono solo trecento al mese per le utenze."

Inarca le sopracciglia di scatto. Non dovrei essere contento di vederla impressionata, ma effettivamente quelli sono capannoni da mezzo milione di dollari. Non sono più il povero ragazzino attaccabrighe con la mamma che fa il lavoro più misero del branco.

"Sei tu il proprietario?"

"Io e Jared possediamo entrambi i capannoni che ci sono lì. La sua compagna usa l'altro come studio di danza e spazio performativo."

"Sul serio? Wow. Mi piacerebbe vederlo."

"Sono sicuro che Angelina sarebbe contenta di farti

fare un giro." Per un breve momento provo l'euforia di immaginare Angelina e Sheridan che vanno d'accordo e di noi quattro che diventiamo coppie amiche.

Non succederà. Sheridan tornerà a Wolf Ridge, dove alla fine dirigerà tutto l'impianto.

Io resterò qui a capo del Fight Club.

"A ogni modo, se l'edificio è tuo, le opportunità sono enormi. Devi solo incrementare il numero dei mutanti che passano attraverso quella porta e dare loro un buon motivo per restare: che sia per i combattimenti o per altro genere di divertimento. E ovviamente tenere alla larga i guai." Si acciglia e mi si stringe lo stomaco.

Butto un po' di contanti sul tavolo. "Pronta per un giro?"

Annuisce. "Prontissima. Dove andiamo?"

"Gates Pass." Al suo sguardo confuso, sorrido. "Ti piacerà un sacco, andiamo."

SHERIDAN

IL MIO CUORE fa le capriole mentre viaggio dietro a Trey sulla sua motocicletta per il secondo giorno di seguito. Ero troppo malinconica per sentirmi eccit-arrabbiata quando siamo andati fino al ristorante, ma ora il vibratore gigante che ho fra le gambe e il familiare profumo di Trey e del suo giubbotto in pelle mi fanno dondolare le anche contro la sella della moto. Ho i seni premuti contro la sua schiena, le braccia strette attorno ai suoi pettorali enormi.

Ancora non posso credere che se ne sia ricordato.

Cioè, so che oggi è anche l'anniversario del giorno in cui ha preso la mia verginità, ma dubito che se lo sia segnato sul calendario per festeggiarlo ogni anno. Soprattutto considerata la facilità con cui mi ha mollata alla fine del mio ultimo anno di liceo.

Il mio cervello vorrebbe concentrarsi su questo enigma fino a che non l'avrò risolto o demolito, ma continuo a spingere via il pensiero. Se penso troppo a Trey e alle sue azioni nei miei confronti, tornerò a dodici anni fa, con il mio corpo pestato e ridotto a un grumo sanguinolento.

No, meglio accontentarsi di restare nel presente. Apprezzare che Trey si sia palesato quando ne avevo bisogno.

Per permettere alla soffocante pesantezza del giorno di sollevarsi e staccarsi da me.

Va verso est, in direzione della catena montuosa di Tucson, e mi porta in cima a un bellissimo valico. L'aria sa di fresco e di pulito. I cactus saguaro brillano e luccicano nel tiepido sole d'autunno.

Trey attraversa il passo e scende dall'altra parte, poi parcheggia al punto di partenza dell'escursione per King Canyon. È venerdì – un giorno lavorativo per la maggior parte della gente di Tucson – quindi il piazzale è vuoto, eccetto per la moto di Trey.

La mia lupa inizia a scodinzolare, trepidante all'idea di correre in mezzo alla natura.

Trey mi prende per mano e imbocchiamo il sentiero,

tagliando attraverso il deserto. Non parla, e per una volta tengo la bocca chiusa pure io. All'improvviso non c'è niente da essere o da dimostrare a Trey. Il nostro silenzio è amichevole. Rispettoso.

Arriviamo a una forcella, una veduta incredibile sulla città di Tucson. Trey inizia a levarsi gli scarponi e si sfila la maglietta dalla testa.

Per uno stupido secondo, penso che voglia fare sesso. Come se lo aspettasse, dato che è ciò che abbiamo fatto l'ultima volta che siamo stati insieme all'anniversario per la morte di mio fratello. Ma mi sorride. "L'ultimo che cambia sembiante è peggio di un piede puzzolente."

"Non è giusto," grido, perché così è già in vantaggio. Esco velocemente dai miei vestiti e mi tramuto, poi corro dietro al suo lupo, sfrecciando sulla cima Wassan.

Corriamo per ore, mordicchiandoci e giocando, annusando. Andando a caccia.

E poi finisce tutto quando infilo il naso in una opuntia fulgida. Che cosa idiota. La prima cosa che ho imparato da cucciola in Arizona è stata di stare alla larga dalla opuntia, conosciuta anche come *jumping cactus* per il modo in cui i suoi ricci giganti saltano via dalla pianta madre e si attaccano con le spine ai passanti.

Gemo per il dolore, più che altro perché si tratta del mio tenero naso, e il mio volto è sempre qualcosa di molto personale. Il dolore è davvero intenso lì. In un batter d'occhio, Trey si tramuta e si accuccia accanto a me, il volto profondamente preoccupato.

Piagnucolo, cercando di levarmi quei dannati affari con le zampe, ma non faccio che riempirmi i polpastrelli di spine.

"Piano, piccola. Lascia che faccia io." Trey – l'idiota – afferra la cosa con le sue *dita* e me la leva dal naso. Gemo di nuovo, ma è solo in parte per dolore. L'altro motivo è la preoccupazione per lui, perché ora ce l'ha *lui* il riccio piantato nella mano, il che significa che non potrà ritramutarsi e correre indietro, dove abbiamo lasciato i nostri vestiti.

Ma la cosa non sembra preoccuparlo minimamente. Si limita ad accarezzarmi l'orecchio con la mano buona. "Stai bene?" Si china verso di me per esaminare naso e zampe. "È rimasto qualcosa?" Gli lecco il viso. Ride e mi accarezza la guancia.

Mi siedo e aspetto, mentre lui si leva la palla di cactus dalla mano con un bastoncino, poi usa i denti per tirare fuori le spine rimaste.

"Molto meglio." Mi porge il palmo insanguinato e lo lecco anche io.

In un lampo è già a quattro zampe e sta correndo giù dalla montagna.

Abbaio, indignata e allegra al contempo, e lo rincorro, lanciandomi in discese, superando la sua agile forma bianca e argento un attimo prima di arrivare al valico di partenza.

Mi ritramuto, ridendo, e mi metto addosso i vestiti. "Battuto."

Anche lui si tramuta e si infila i jeans. "Ovvio che mi hai battuto." La soddisfazione nel suo tono mi dice che mi ha lasciato vincere, proprio come mi ha permesso di avere la meglio su di lui ieri al club.

Proprio come ti ha fatto pensare che fosse interessato a correre la cavallina, sussurra la mia lupa.

Ma no. È un pensiero pericoloso e troppo speranzoso. Ho passato centinaia di ore al college nella mia stanza a cercare di convincermene. Ma non è servito a niente. Perché anche se fosse stato vero, mi ero assicurata che non mi rivolgesse la parola.

Ma adesso è qui, sussurra la lupa.

Sì. Adesso è qui. Significa che mi ha perdonato?

E io l'ho perdonato?

Piantala di pensare. Piantala di pensare. Goditi il momento e basta.

Torniamo insieme alla moto, nello stesso silenzio sereno. Trey guida fino a casa mia, non smonta dalla motocicletta, come se mi stesse scaricando lì e basta. Non si aspetta decisamente di fare sesso.

La delusione che mi sferza le parti basse mi dice che ci stavo sperando.

"Vuoi entrare?" Oh, merda. Sembro disperata? Dovrebbe essere lui a implorarmi, non il contrario.

I suoi occhi hanno un lampo d'argento. "Cazzo, Sheridan. Certo che voglio."

"Ma?"

Scuote la testa. "Non posso." Sembra sofferente.

"Perché no?"

Il suo respiro si è fatto più rapido, le vene del collo sono sporgenti. "Devo andare al Fight Club. Abbiamo un evento."

"Vuoi che lavori?"

"No." La sua risposta è rapida e definitiva, il che mi fa più male di quanto vorrei ammettere. "No, è tutto a posto," dice, come se stesse cercando di ammorbidire il colpo.

"Ma ci vediamo domani per la cosa dei succhiasangue."

Qualcosa mi attanaglia con forza lo stomaco. "Giusto. Sicuro." Mi giro e percorro il vicolo fino al mio bungalow di lusso senza neanche salutarlo.

Trey sta macchinando qualcosa. Non vuole che vada al locale stasera. Perché? C'entra una donna? O si tratta dei vampiri?

Qualsiasi cosa sia, lo scoprirò.

Che io sia dannata, se riuscirà a tenermi all'oscuro.

Trey

OH CAZZO.

Sheridan mi stava davvero invitando a casa sua... per *fare sesso*?

Diamine, quella ragazza non la smette mai di sorprendermi.

Mi ci è voluto ogni briciolo di forza di volontà per non prenderla in braccio, portarla dentro casa e marchiarla come mia per sempre. Perché è quello che succederà se mai ricapiteremo nudi insieme.

Ma oggi è debole. Sta soffrendo. Potrò anche non essere stato abbastanza forte da resistere alla sua offerta da adolescente, ma certo non mi approfitterò di lei adesso.

Soprattutto dato che non ho alcuna possibilità di tenerla come mia.

Perché non potrei assolutamente accontentarmi di un po' di sesso per puro divertimento. Non esiste niente del genere per il mio lupo. Vuole che faccia mia Sheridan. Che la marchi. Che la renda mia per sempre.

Il che significa che devo tenere le distanze da lei. Prima che mandi a puttane tutto quello che c'è tra di noi.

Un'altra volta.

CAPITOLO OTTO

DODICI ANNI FA

Sheridan

TREY RINGHIA quando mi slaccio il bottone dei jeans e poi me li sfilo, facendoli scendere dalla anche. Le giovani lupe vengono messe in guardia di non fare le sciocche con i ragazzi in piena pubertà: possono perdere il controllo con facilità, ma Trey non è un ragazzino.

È un uomo meraviglioso, e a parte il ringhio sta mostrando di trattenersi, considerato che gli ho già dato il via libera.

Mi bacia in mezzo alle gambe attraverso le mutandine, mordicchiandomi delicatamente l'interno coscia. Fa strusciare il pollice sopra al raso, trovando un punto che mi fa contorcere. È incredibilmente intenso. Non sono mai stata toccata lì da un'altra persona, e l'impulso di spingerlo via prima di perdere il controllo è quasi forte quanto il piacere incandescente che mi dà il suo tocco.

"Trey," gemo.

"Cazzo, sì piccola. Puoi dire il mio nome in quel modo tutte le volte che vuoi." Fa scivolare il pollice sotto le mutandine e accarezza la mia fessura.

Sento la pancia contorcersi, sussulto e mi dimeno. Trey avvolge un braccio attorno a una delle mie cosce e si tuffa tra le mie gambe. Sono del tutto impreparata allo shock della sua lingua sulle mie parti più sensibili.

Squittisco e mi muovo a scatti, ma lui mi tiene ferma, mi tortura con rapidi colpi di lingua su quello che deve essere il mio clitoride − probabilmente dovrei sapere dov'è, ma non lo so − poi appiattisce la lingua e lecca dentro di me. Percorre le labbra interne e penetra nell'apertura.

Gemo e sospiro, dimenandomi sotto di lui. "Trey, i preservativi."

Alza la testa e ridacchia. "Hai fretta di arrivare alla linea d'arrivo, piccola?"

La mia risata è una liberazione della tensione nervosa. "Forse. Ho un sacco di attesa e anticipazione."

Inserisce un dito dentro di me e ho uno scatto sul tavolo, gridando. Il passaggio è stretto e la sensazione intensa, ma è anche bellissimo. Fa scivolare il dito dentro e fuori lentamente, e io lascio ricadere indietro la testa. Gli occhi ruotano, le palpebre si chiudono.

Sapevo che il sesso doveva essere bello. Solo non sapevo che fosse *così* bello. E non siamo neanche arrivati al piatto principale.

Trey aggiunge un secondo dito e io gemo, non perché faccia male, ma perché l'intensità si raddoppia.

Quando ora inizia a pompare, comincio a gemere a ciascuna espirazione.

Trey trascina il mio zaino vicino a sé con la mano libera. Lo afferro e tiro fuori la confezione di preservativi, poi gliela porgo. Ma ancora non ha fretta. Abbassa la testa e mi succhia un capezzolo, sempre mentre muove le dita dentro e fuori di me.

Gli strappo il preservativo di mano e lo apro con forza. "Trey, ti prego," gemo.

Lui ringhia a prende il profilattico, poi si tira giù i jeans, quello che basta per liberare la sua erezione. Per essere un ragazzo slanciato e muscoloso, il suo sesso sembra quasi sproporzionatamente grande. Non che abbia termini di paragone.

Si infila il preservativo e mi sale sopra. Allargo le ginocchia e porto le braccia verso di lui. Si impossessa con passione della mia bocca, baciandomi e succhiandomi il labbro e… oh cielo! Mi trafigge con la sua erezione, entrando con un colpo netto.

Grido per il lampo di dolore, ma appena è dentro, non si muove, eccetto per accarezzarmi i capelli, scostandomeli dal viso e guardandomi negli occhi. "Tutto bene, piccola?"

Tutto il mio corpo trema, l'eccitazione mi pervade. Annuisco scossa. Sorride e fa ondeggiare le anche, uscendo un po', prima di spingere di nuovo dentro.

Sì.

Stavolta è bellissimo. Soddisfacente. Fantastico.

"Ancora," insisto.

Ripete l'azione e piego le dita dei piedi. Gemo.

Continua, dondolando con delicatezza, riempiendomi, massaggiandomi dentro con il suo grosso membro.

Sto per perdere la testa, ma in qualche modo è capace di abbassare la bocca su un mio capezzolo e stuzzicarlo con la lingua, con i denti.

Affondo le unghie nelle sue spalle, aggancio i piedi dietro alla sua schiena e lo stringo a me, con urgenza: "Più veloce."

Impreca e sostiene il torso sopra al mio, spingendo con forza sempre maggiore.

È quasi troppo, scioccante, ed estremamente delizioso. Colpisce con la cappella qualcosa dentro di me – la mia cervice? – ma ignoro il dolore sordo che provoca e continuo a tirare Trey a me.

"Sheridan," dice con voce roca e sofferente. I suoi occhi lampeggiano di argento, il suo lupo viene in superficie. Mi chiedo se anche le mie iridi abbiano cambiato colore.

I muscoli della schiena e delle spalle di Trey si piegano e diventano roccia dura. Il mondo ruota attorno a me. Chiudo gli occhi e getto la testa indietro per il piacere.

Trey grida, spingendo più forte dentro di me, affondando e fermandosi lì. Il suo sedere sodo si stringe mentre viene. Senza capire del tutto ciò che sta succedendo, il mio corpo sa esattamente come reagire. Un orgasmo esplode, i miei muscoli interni si stringono attorno al suo uccello, succhiando ancora altro sperma.

Per alcuni istanti sono in nessun luogo. Sto fluttuando, ruotando, godendo del riverbero del piacere, mentre il mio respiro gradualmente rallenta e il mio cuore smette di martellare.

Trey mi scosta i capelli dal viso, mi accarezza la guancia. Apro gli occhi e sono sciccata nel vedere le sue iridi di un argento acceso, i canini appuntiti, come se volesse marchiarmi. Mi rendo conto che il suo corpo freme sopra di me, i muscoli tesi come se lo sforzo di trattenersi dal marchiarmi lo stesse uccidendo.

Eppure continua a mostrarmi delicatezza. Ha il controllo sufficiente per non fare il passo che ci legherebbe per il resto delle nostre vite.

Che mi renderebbe sua per sempre.

Il mio cuore batte forte, mentre mi rendo conto che il suo lupo mi ha scelta come sua compagna. La mia lupa è d'accordo? Come faccio a saperlo? Le lupe non marchiano i loro compagni. Non c'è un siero speciale da iniettare nella pelle dei nostri maschi.

Indipendentemente da quello che pensa la mia lupa, so senza ombra di dubbio che l'idea che Trey mi marchi è assolutamente eccitante. In effetti mi sento volare, come se mi avesse appena dichiarato il suo imperituro amore. Come se avesse appena legato la sua vita e la sua anima a me.

Tocco la sua mascella tesa. "Penso di piacere al tuo lupo." Lo dico con leggerezza, riconoscendo la cosa per evitare ogni imbarazzo.

Lui esce da me e si scosta, alzandosi in piedi per togliersi il preservativo e tirarsi su la cerniera dei pantaloni. "Un sacco, cazzo." Mi tira su le mutande, poi i jeans e mi mette a sedere. Sta in piedi in mezzo alle mie cosce e mi abbraccia, accarezzandomi la schiena e i capelli con i palmi. Mi bacia la testa. "Grazie, Sheridan."

Il cuore sussulta nel mio petto. Ogni ragazzo o adulto di Wolf Ridge che pensa che Trey sia un grezzo idiota, per le risse in cui si caccia o per chi era suo padre o per la sua mancanza di risultati, dovrebbe conoscere questo lato di lui. Tenero, riconoscente. Dolce.

Alzo le labbra perché me le baci, e penso che se fossimo gatti mutanti ora starei facendo le fusa.

∼

Presente

SHERIDAN

MI PRESENTO al Fight Club con una minigonna in velluto a costine rossa e una camicetta di seta nera che lascia una spalla scoperta.

Jared è alla porta e si sposta per sbarrarmi l'ingresso. "Oh no. Non se ne parla che ti lasci entrare qua dentro stasera."

Proprio come pensavo: c'è qualcosa in ballo.

"Perché no?" Cerco di aggirarlo, ma si sposta e mi blocca ancora. Metto le mani sui fianchi

"No. Trey non ha bisogno che tu lo distragga. Scusa, Sheridan. Torna un'altra sera."

Alzo il mento. "Intendo entrare là dentro. Trey è un ragazzo grande e grosso, non ha bisogno che tu lo protegga da me."

Jared si sforza di non sorridere. "Sì, penso di sì. E ho soldi che viaggiano su Trey stasera, quindi diciamo che sto proteggendo i miei interessi."

Mi immobilizzo. "Trey combatte oggi?"

Jared chiude gli occhi, si gira e sbatte la testa contro la cornice della porta. "Sono sicuro che non dovessi saperlo. Ora girati, prendi la macchina e torna a casa, Sheridan."

"Perché non voleva farmelo sapere?" Il mio cuore sta battendo più forte, ma non sono sicura del motivo.

Jared si massaggia la mandibola. "Questo dovrai chiederlo a Trey... ma non stasera," aggiunge rapidamente. "Puoi domandarglielo domani. Dopo che avrà vinto il combattimento."

Grizz esce e ci guarda entrambi. "Cinque minuti," mormora a Jared.

Cinque minuti all'inizio del combattimento? Devo entrare là dentro. Il pensiero di Trey nella gabbia mi terrorizza e allo stesso tempo mi eccita. E non intendo perdermelo per niente al mondo.

Faccio un altro tentativo di scivolare oltre la guardia di Jared, mentre è distratto con Grizz, ma è troppo veloce.

"Jared!" ringhio.

Scrolla le spalle con un sorriso sornione. "Nessuno da seguire e spiare quaggiù, eh? Forse faresti bene a tornare a casa."

Ignoro la frecciata. Sì, chiaramente dovrò chiedere scusa al branco di Tucson, ma non stasera. Stasera entrerò nel Fight Club per vedere Trey nel ring.

"Cosa ti fa credere che Trey non vincerebbe se fossi

là dentro?" chiedo. Non riesco a decidere se essere incazzata o lusingata.

Jared appoggia una mano alla cornice e sospira esasperato. "Sheridan, se tu sei là dentro, Trey sarà preoccupato per la tua sicurezza: chi ti parla, chi ti tocca, a chi dovrà squartare la gola. Non si concentrerà sul suo avversario e sulla vittoria."

"Farò in modo che non mi veda," dico con tono adulatorio. "Me ne starò in un angolino fino alla fine del combattimento. Però *fammi entrare*, Jared."

Sento scricchiolare la ghiaia alle mie spalle e mi giro, vedendo mio cugino Garrett che mi si avvicina. "Che succede?"

Deglutisco. Sta andando di male in peggio.

Jared mi indica con un cenno della testa. "Vuole entrare. Le ho detto di no."

Stringo i denti.

Le labbra di Garrett hanno uno scatto. "Bruttino quando, tanto per cambiare, non sei tu a comandare, eh?"

Mi si accende una lampadina in testa. Metto la mano attorno al grosso braccio di Garrett. "Starò appiccicata a Garrett," prometto. "Non permetterò a Trey di vedermi, ma se dovesse capitare, saprà che sono al sicuro con il vostro alfa."

Jared lancia un'occhiata a Garrett, che scrolla le spalle. "Va bene," brontola. "Ma se Trey perde questo combattimento perché tu sei qui, riscuoterò le perdite *da te*."

"Ok." Seguo velocemente Garrett, standogli vicino come promesso.

Trey è già nella gabbia. Grizz presenta gli avversari.

Garrett si fa strada a gomitate fino al tavolo più in alto nell'angolo in fondo. "Ti chiederei se vuoi bere qualcosa, ma poi dovrei lasciarti senza sorveglianza, e a quanto pare sono il tuo baby sitter stasera."

Ruoto gli occhi al cielo. "Vai a prendere da bere. So prendermi cura di me."

La folla grida mentre Grizz soffia nel fischietto e i primi pugni partono. Subito dimentico la tensione tra me e mio cugino, o Jared, o il resto del branco. Tutta la mia attenzione è per il bellissimo lottatore che sta ruotando e tirando pugni nella gabbia. Trey è un uomo grande, ma non grosso come Jared, o Garrett, o Grizz. È magro e tutto nervo e muscoli. Pura grazia. Pura energia concentrata. Si muove rapidamente, le lunghe braccia tirano pugni che fanno arretrare l'avversario, un tozzo gatto mutante, se non mi sbaglio.

Il combattimento nella gabbia è selvaggio e rozzo. Quando il gatto mutante salta, sembra sul punto di tramutarsi: gli occhi brillano di verde e i capelli si rizzano sulla nuca. Si lancia contro Trey, bloccandolo con una mossa di wrestling.

Trey lo fa volare sopra di sé, lo blocca a terra con un braccio attorno alla gola e aspetta che il tizio sbatta una mano contro il pavimento, per lasciarlo rialzare.

Trattengo il respiro, ma non ho paura.

Sono in completa ammirazione.

Si alzano in piedi tutti e due e Trey salta su, gli occhi che brillano di totale concentrazione. Ma sono le sue labbra a cogliere la mia attenzione. Sono curvate ai lati.

Trey si sta divertendo.

Ovvio.

Come ho potuto dimenticare cosa significhi per lui combattere? È così che si sfoga.

Sorrido anch'io, il corpo che freme nel constatare la sua virilità maschile, il suo potere senza freni.

Il combattimento finisce fin troppo presto. Avrei potuto guardare Trey combattere per tutta la notte, ma il suo avversario è finito a terra e non si alza.

Grizz prende il pugno nudo di Trey – niente guantoni da boxe per questa gente turbolenta – e lo solleva in aria.

La folla esulta e io batto le mani, alzandomi in piedi per guardare oltre le loro teste. Garrett mi afferra per la vita e mi solleva in aria. Appena la mia testa sbuca sopra alla folla, Trey mi vede. I nostri sguardi si intrecciano e vedo il suo volto aprirsi in un sorriso, subito prima che Garrett mi rimetta a terra.

Parto di corsa, spingendo in mezzo alla folla. Garrett impreca, standomi dietro fino a che la gente fa spazio per far passare Trey: a petto nudo, insanguinato, magnifico.

Trey

NEANCHE FRA UN milione di anni avrei mai pensato che a Sheridan potesse piacere guardarmi combattere. Ma dev'essere così, perché si lancia direttamente tra le mie braccia. La prendo fra le mie, mi stringe le sue gambe attorno alla vita e la porto fino al mio ufficio come un vichingo conquistatore.

Ride, un suono basso e roco. Il suo odore mi arriva alle narici: vaniglia, arancia e il muschio femmineo della sua eccitazione.

Merda.

"Perché non me l'hai detto?" chiede sospirando contro il mio collo, mentre tiro un calcio alla porta per chiuderla.

La spingo contro il muro e mi struscio in mezzo alle sue gambe. "Dirti cosa?"

"Che combattevi. Perché non volevi che sapessi?"

Faccio scivolare le mani sotto alla sua maglietta, e gemo quando scopro che non ha il reggiseno. Stringo i suoi grossi seni, strofino i capezzoli con i pollici. "Non sapevo che ti sarebbe piaciuto." La mia voce suona roca nelle mie orecchie. Faccio scorrere i denti sul suo collo e arrivo a succhiarle il lobo dell'orecchio.

Fa scattare le anche e si struscia contro il mio cazzo pulsante.

"A dire il vero pensavo che ti facesse orrore."

"Perché?"

Spingo senza pensarci in mezzo alle sue gambe, come se avessi intenzione di farla venire a forza di strusciamenti. La maglietta finisce all'altezza delle ascelle, mostrando le sue due meravigliose tette. Sono un po' più grandi rispetto a quando era al liceo e, cazzo, mi sento attraversato tra una sferzante libidine.

Le faccio appoggiare i piedi a terra, in modo da poterle mettere le dita tra le gambe. *Oh dolcezza…* È tutta bagnata per me. Spingo di lato le mutande e palpo le sue floride pieghe.

"Preservativo?" ansima Sheridan.

Preservativo. Cazzo!

Ringhio e infilo un dito nel suo stretto canale. Quindi basta farla eccitare… "Non ce l'ho," ammetto.

Geme.

"Va tutto bene, piccola." Pompo con l'indice dentro e fuori, poi lo piego verso la parete davanti, cercando di trovare il suo punto G. "Posso comunque prendermi cura dei tuoi bisogni."

Mi stringe le spalle, pianta le unghie nella mia pelle nuda.

Un ringhio mi sale dalla gola, la vista si fa fissa. In qualche modo riesco a inspirare dell'aria e a concentrarmi. Faccio scivolare dentro di lei un secondo dito e faccio scorrere la mano sul suo monte di venere, strusciando sopra al clitoride con il palmo. I suoi muscoli si stringono mentre spingo le dita dentro e fuori. Cerco di nuovo il punto G e questa volta lo trovo, il punto dove il tessuto si irrigidisce.

Ingoio il suo grido con la bocca, baciandola come se ne andasse della mia vita. Come se il suo sapore potesse guarirmi. Darmi nuova vita.

Magari lo farà davvero.

O magari sarà la mia morte. Difficile a dirsi. Tutto quello che so è che adesso guardare Sheridan venire è l'unica droga che bramo. Ruoto le labbra sulle sue, impossessandomi della sua bocca con intensità quasi violenta, il tutto mentre continuo a lavorare con le dita e con la base del palmo. Quando trovo il capezzolo e stringo – forte – lei piega indietro la testa e grida.

Continuo a spingere le dita dentro e fuori, premendo contro il suo clitoride fino a che i muscoli smettono di stringere. Sheridan mi cade addosso, ansimando.

"Trey."

Faccio scorrere una mano sulla sua schiena, fino ai capelli, e inalo il suo profumo. Le dita dell'altra sono ancora piegate dentro di lei, come se il loro posto fosse lì. Le tiro fuori lentamente e me le porto alla bocca, succhiando la sua essenza da ogni polpastrello singolarmente, sempre fissandola negli occhi.

"Non hai un preservativo?" Ha la voce roca per aver gridato e lo sguardo è annebbiato. Il mio lupo si pavoneggia.

Sono stato io a ottenere questo effetto su di lei.

Ma a quanto pare non è bastato. "No, piccola. Vuoi che vada a elemosinarne uno da Jared?"

Arrossisce e scuote la testa. "Cielo, no." Mi guarda pensierosa, vedendo decisamente troppo. "Perché non ne hai uno, Trey?"

Resto immobile. Vorrei dirglielo, ma le mie ferite sono ancora troppo dolorose. Le mie intenzioni per lei troppo profonde.

"Non sei uno che gioca grosso?"

Arretro quasi inciampando, come se mi avesse tirato un pugno. Il rammarico si insinua immediatamente sul mio volto.

Mi limito a scuotere la testa.

Fa un passo avanti. "No?"

"Non facciamolo, Sheridan."

Il dolore le vela il viso. "Giusto. Meglio di no." Rimette a posto la camicetta, coprendosi i seni; raddrizza la gonna.

"Beh… grazie. È stato bello vederti combattere. E, ehm, questo…" Arrossisce e agita una mano indicando la stanza. "È stato… ah…"

Premo le labbra sulle sue. "Non farlo."

Mi guarda, gli occhi sgranati, in attesa. Come se dovessi fare strada io, ovunque sia che stiamo andando.

E non ne ho la minima idea.

La bacio di nuovo. Non è lo stesso bacio possessivo di prima. È più come un solido sigillo. Come porre fine a qualcosa. L'abbiamo fatto.

Ora è finita.

Probabilmente sarà meglio non farlo più.

"Grazie per essere venuta a vedermi." *Ti amo.* "Ti accompagno alla macchina." *Ti lascio andare.*

CAPITOLO NOVE

DODICI ANNI FA

Trey

La casa di Sheridan non è una villa, ma per un ragazzino che è cresciuto in un bilocale dalla parte sbagliata dei binari, potrebbe anche esserlo. Cerco di essere leggero e silenzioso con i miei stivali ai piedi, camminando sulle piastrelle lucide con passo felpato, anche se non c'è nessuno in casa oltre a noi. Suo padre è al lavoro e sua madre ha portato la sorella a Tucson per un torneo di ginnastica che durerà l'intera giornata. In un certo senso odio trovarmi qui, perché so che suo padre mi prenderebbe a calci nel culo se mi trovasse, ma penso che per Sheridan faccia parte dell'avventura. Le piace la disobbedienza di scopare sotto al tetto dei suoi genitori, e non intendo negarle nessuna singola fantasia.

Faccio il giro di camera sua, esaminando i tesori dell'infanzia e i libri da giovane ragazza. Vedo un pezzo di carta infilato sotto al calendario che c'è sulla scrivania, come se fosse qualcosa di segreto, e lo tiro fuori.

"Oh!" Sheridan se ne accorge, nello stesso istante in cui mi accorgo di cosa si tratta.

Una lettera di ammissione al college. Da Stanford.

"Porca puttana, Sheridan... perché non me l'hai detto?"

Non parliamo mai del prossimo anno, di cosa succederà quando lei andrà al college e io resterò qui, a spacciare marjuana e a lavorare sulle motociclette insieme a Garrett e Jared. Ho cercato di tirare fuori l'argomento un paio di volte, ma lei lo evita sempre e salta all'istante a qualcos'altro di cui parlare.

"Perché non l'hai ancora accettata?" Vedo il modulo vuoto sotto alla lettera, quello che dovrebbe inviare per dare conferma della sua iscrizione.

Mi strappa il foglio di mano. "Non ci vado." Ha il volto serio. "Ho una borsa di studio per la ASU."

"Sì, ma questa è una scuola della Ivy League, piccola. Dovresti andarci di corsa."

Socchiude gli occhi. "Perché dovrei voler lasciare l'Arizona?"

Il fiato mi esce dai polmoni in un soffio, perché – già – neanche io voglio che se ne vada dallo Stato. Ma non voglio neppure che dia la mia vita per me. O magari non è per me. Mi sa che dovrò scoprirlo.

"Perché non dovresti?" la sfido.

Sta respirando velocemente, lo sterno che sale e scende, tentando i miei occhi verso il suo decolté, ma non cedo. "Per te."

Cazzo. L'ha detto. Non posso impedire l'esplosione di

calore che mi divampa nel petto, né posso fare a meno di sorridere come uno scemo.

"Dammela." Le strappo la lettera di mano e la sbatto sulla scrivania. Poi la tiro per un braccio per portarla davanti ad essa. Non si aspetta quello che succederà adesso. Forse sono pazzo a farlo, ma le spingo giù il busto e le assesto uno schiaffo sul culo.

Si sente un sussulto scioccato – forse da parte di entrambi – e non mi muovo. Mi sa che sto aspettando di vedere se si girerà e mi darà un pugno in faccia. Vedendola restare immobile, la sculaccio di nuovo, e di nuovo ancora.

"Questo è per non avermi detto che sei entrata a Stanford, cazzo," le spiego mentre la sculaccio, aumentando di intensità man mano che prendo confidenza.

"E questo è per aver tentato di rinunciare a un'opportunità incredibile." Le faccio allargare i piedi e le assesto uno schiaffo in mezzo alle gambe. Ho il cazzo come roccia ora, e adoro da morire impartire disciplina in questo modo. "Io sarò sempre qui, Sheridan. Sarò qui a Natale e nella pausa di primavera, e ogni fine settimana di vacanza. Oppure, diamine… verrò lì. Ho sempre voluto vedere la California. Il punto è che ti aspetterò. Sai già che non c'è nessun'altra per me. Il mio lupo non accetterebbe mai un'altra compagna. Ha scelto te. Sei tu." Mentre le svelo la mia anima, continuo a sculacciarla.

Non sono preoccupato di farle male, perché i mutanti guariscono all'istante, quindi l'unica cosa che mi turba è di farla incazzare, ma non mi sembra per niente incazzata.

133

Smetto di schiaffeggiarle il culo e glielo strizzo.

"Ancora," geme lei.

Porca puttana!

Come desideri, tesoro.

Le sbottono gli shorts e glieli tiro giù, insieme alle mutande, accucciandomi per aiutarla a sfilarseli dalle gambe. Appena mi rialzo in piedi, le tempesto il culo di schiaffi, variando il bersaglio, in modo che non sappia mai dove finirà il prossimo colpo: una volta dietro alla coscia, quella dopo sull'altra natica, poi sulla fica. La schiaffeggio fino a che ha il culo rosso e la fica diventa sempre più bagnata e gonfia.

Poi prendo una penna e gliela metto tra le dita. "Compila il modulo."

"No. Non sono pronta a prendere questa decisione."

Spingo indietro la pesantezza che minaccia di calare su di noi. Credetemi, la capisco. Separarsi da Sheridan sarebbe la schifezza peggiore in assoluto. Ma qui stiamo parlando di *Stanford.*

"Compilalo. Spediscilo. Puoi sempre cambiare idea dopo." *Non che io intenda permettertelo.*

Sospira in maniera esagerata, sempre rifiutandosi di tenere la penna che le sto spingendo tra le dita.

Guardo sulla scrivania e prendo un righello da portapenne.

"Compilalo, bellezza, o ti sbacchetto."

Mi ride in faccia. "Ma per favore. Non servirà a molto."

Ha ragione. È solo un piccolo pezzo di legno. Se lo usassi abbastanza forte, probabilmente si spezzerebbe. Prendo comunque le sue parole come una sfida e calo il righello con forza, prima su una natica e poi sull'altra.

Lei squittisce e si sposta da un piede all'altro: penso che stia funzionando. Il righello lascia delle graziose strisce rosse. Peccato che guariscano così velocemente: l'idea di lasciarle addosso dei marchi mi piace parecchio. Qualcosa che tenga vivido il mio ricordo.

"Compilalo."

Ride. "Ok, ok. Lo compilo."

Le massaggio il culo arrossato, strizzandolo rudemente. Ho il cazzo così duro che sta per uscirmi dai pantaloni, e so già che questa scena mi resterà in testa per i prossimi anni della mia vita.

Tiro fuori dalla tasca un preservativo e lo apro, mentre Sheridan spunta le caselle e firma il foglio di carta.

Le do altri due colpi sul culo, uno per natica. "Mettilo nella busta."

Ridacchia e obbedisce al mio ordine. Mi piace un sacco che si fidi tanto di me da permettermi di dominarla in questo modo, che ne sia eccitata quanto me.

Libero la mia erezione e la rivesto con il preservativo. "E adesso ti scopo," dico, come se fosse anche questa una punizione.

Inarca la schiena e mi offre il suo culo arrossato. Cazzo. Spingo dentro, prima lentamente, ma è completamente bagnata, totalmente pronta.

Bene, allora.

Lo prenderà forte.

"Tenermi segrete delle cose ha delle conseguenze," dico, spingendole più giù il busto, fino a farla appiattire sulla scrivania. Premo una mano sulla nuca per tenerla ferma lì.

"Ah sì? E quali?" La sua voce roca mi fa quasi venire subito nel preservativo.

"Adesso lo scoprirai, tesoro." Le afferro la base del collo e uso la stretta per fare leva spingendomi indietro e poi di nuovo dentro di lei, sbattendo con forza.

Sbuffa e poi geme.

"Oggi lo prenderai con forza, lupacchiotta. Adesso ti scopo fino a che non riuscirai più a camminare."

Emette un piccolo piagnucolio e io continuo a sbatterle dentro, colpendo con il ventre il suo culo sexy, allargandole di più i piedi.

"Intendi nascondermi ancora le cose, bellezza?"

"Uff, no," geme.

Stantuffo più veloce. "Va bene. Non lo farai. Perché adesso sai cosa succede."

Mi sento come un attore porno, di quelli che usano e degradano la loro partner nel peggiore modo possibile, ma non ci trovo niente di sbagliato, perché Sheridan sta apprezzando da morire il gioco. In effetti è difficile dire chi stia godendo di più: stiamo per scoppiare tutti e due, con tanta intensità che il tetto potrebbe sollevarsi dalla casa.

I suoi versi si fanno più urgenti, le grida più bisognose, e le stelle danzano davanti ai miei occhi.

Sento le cosce tremare, le palle irrigidirsi. "Cazzo, Sheridan, cazzo!" Non posso trattenere l'impulso di scoparla più forte, di entrare più a fondo, così a fondo che si ricorderà di me ogni volta che si muove.

"Trey, ti prego," geme.

"Sto per venire," la avviso, perché ormai non mi posso più trattenere.

"Sì, vieni!"

Sbatto dentro di lei e spruzzo il mio carico, e lei grida, il corpo che si contorce sotto di me. Le tiro su il busto, fino ad appoggiarle la schiena contro il mio petto, e le pizzico i capezzoli, mentre entrambi ancora veniamo e veniamo, fino a domani.

Come sempre quando sto per tramutarmi, la mia visione si fa fissa, i canini si allungano. Se non la marchio presto, mi verrà la follia della luna. Ma mi trattengo con forza. È troppo giovane. Suo padre mi ammazzerebbe. Aspetterò fino a che il momento sarà giusto e saremo entrambi d'accordo. Stringo i denti e tengo a bada il mio lupo, i muscoli che tremano per lo sforzo.

Quando ho il controllo, strizzo i suoi seni sodi e struscio il cazzo dentro e fuori. "Ecco fatto, tesoro. Non c'è modo di allontanarti da me. Potresti andare al college dall'altra parte del globo, e continuerei ad aspettarti. O verrei a trovarti dopo. Sei mia."

"Marchiami," sussurra.

Cazzo! I miei denti si allungano di più.

"Non ancora." Stringo i denti e lo tiro fuori. Non mi fido di continuare a toccarla, ora che è lei a tentarmi così forte.

"Perché no?" Si gira per sfidarmi.

Faccio un passo indietro. "Devi essere sicura. Quando ti avrò fatta mia, non si potrà più tornare indietro."

Tira giù il colletto della maglietta per offrire la spalla al mio morso.

"Piccola," dico con voce roca. Sto morendo. Ho il cazzo di nuovo duro come la roccia, il siero mi riveste i canini, pronto a essere iniettato nella sua pelle, per farla mia per sempre.

Ma è come la cosa del college. Non le permetterò di mandare a puttane il suo futuro per un impulso da diciottenne che la spinge ad accoppiarsi con il primo tizio con cui scopa.

"Ne parliamo più tardi." Le volto le spalle, come se eliminare la vista tentatrice del suo bellissimo volto possa in qualche modo placare il furioso desiderio del mio lupo.

"Ti amo, Trey," dice a voce bassa.

Quasi cado in ginocchio.

Come questa ragazza riesca a farmi sentire uomo e allo stesso modo ad annichilirmi è incomprensibile.

Mi giro e me la getto in spalla, portandola al letto. Devo prenderla di nuovo. Non le darò il mio morso, ma non posso tenere il mio cazzo lontano da lei, questo è poco ma sicuro.

∾

Presente

SHERIDAN

.   .   .

Il locale dei vampiri si trova nel quartiere di El Mercado, vicino al negozio di valige, al limitare del loro territorio. Un anonimo edificio in cemento con un bel giardinetto e un grazioso vialetto di pietra. Ci arrivo al crepuscolo e resto seduta in auto con il tettuccio aperto, guardando il sole che si scioglie all'orizzonte in una tempesta di colore.

L'unica cosa di cui avere paura è la paura stessa. Tamburello le dita sul cruscotto, preparandomi a entrare nella fortezza dei vampiri. Il fatto che sia stato Lucius, il re dei succhiasangue, a invitarmi non mi rassicura per niente. I vampiri amano i loro inviti, e non hanno bisogno del permesso per entrare nella testa delle loro vittime. Lucius non mi avrebbe invitata se non fosse sicuro di avere il vantaggio su di me. Sta tramando qualcosa. Forse ha a che vedere con la misteriosa auto nera che continuo a scorgere nel mio isolato.

Qualcuno bussa al mio finestrino e faccio un salto sul sedile, sussultando, fino a che non vedo l'azzurro degli occhi di Trey, e il mio allarmato timore che vi si riflette.

Trey mi guarda preoccupato e io abbasso il finestrino. "Tutto a posto?"

"Sì, è solo che, sì insomma, sono nervosa." Non faccio cenno alla misteriosa automobile nera che ho visto ferma fuori da casa mia un paio di volte in settimana. Dopo la storia del mio stalker, potrebbe non prenderla bene.

Trey mi apre la portiera e smonto. Indossa il suo solito outfit da motociclista: un'altra giacca di pelle, maglietta bianca e jeans neri, con il portafoglio attaccato alla catenella. I capelli sono tirati su con gel fresco e gli scarponi sono leggermente meno impolverati e strisciati del solito.

Mi sta guardando torvo.

"Cosa c'è?" Mi guardo il petto. "Ho qualcosa sulla maglietta?"

"Quella non è una maglietta."

"Hai ragione." Traffico con la cerniera tra le mie ragazze, tirandola giù di un altro millimetro, prima di ruotare sulle mie Louboutin per dargli la visuale completa. "Credo che tecnicamente si chiami tuta elasticizzata." Faccio scorrere le mani sull'angolo tra la vita e i miei floridi fianchi e mi metto in posa. "Miao."

"Cazzo," mormora Trey. "Ma dove la prendi questa roba da vestire?"

"Bondage-tra-noi." Mi chino verso di lui, inspirando il suo odore, un miscuglio mascolino di dopobarba e olio per motori. Le sue braccia mi cingono automaticamente. Non posso impedirmi di accoccolarmi ancora più vicina. "È un tubo quello che hai nei jeans, o sei contento di vedermi?"

"Porca puttana." Mi tiene stretta, affondando il viso nei miei capelli, e credo proprio che si stia godendo il miscuglio dei nostri odori. Io di certo sì.

"Ti ho portato una cosa da metterti," mormoro.

"Ah sì?" Il suo respiro fluttua sul mio orecchio, mentre strofina il visto contro il mio collo.

Faccio un passo indietro e mi lascia andare, seguendomi con sguardo affamato.

Poi vede quello che tiro fuori dal sacchetto. "Non se

ne parla, cazzo!" Fa un salto indietro, come se gli avessi dato una scossa.

Alzo con la mano il guinzaglio e il collare con le borchie argentate. "No? Starà da Dio con il tuo outfit," dico con voce suadente, avanzando verso di lui, mentre arretra. "A dire il vero no. Dovresti essere nudo." Il suo gemito si fa più profondo mentre gli porgo il sacchetto, godendomi il risultato del mio regalino. "Non ti va di essere il mio cagnolino?"

"Divertente da morire, cazzo."

"Devi dire: *No, padrona*," gli insegno, con un sorriso malizioso.

Con un ringhio, Trey avanza. Mi faccio indietro, gli occhi sgranati, mentre in tutta la sua altezza viene verso di me, eccit-arrabbiato e con l'aspetto di un dio motociclista vendicatore. Mi strappa collare e guinzaglio dalla mano. "Questo lo prendo io."

"Te lo metti?" Dischiudo le labbra, un po' sorpresa. L'avevo preso solo come scherzo.

Mi lancia un'occhiata che promette pura minaccia. "Uno di noi se lo metterà questa sera. Ma non sarò io." Fa finta di ispezionare la qualità della pelle. La malizia che gli leggo nello sguardo manda delle frecciate direttamente alle mie parti intime. Mi tremano le ginocchia.

Mi sa che ho spinto un po' troppo il lupo.

Intrappolando il mio sguardo con due occhi di ghiaccio, mi prende di mano il sacchetto. "Cos'altro hai?"

"Ah... ehm... dei regalini-scherzo," balbetto. "Letteralmente."

Prende la pallina rossa. "Bella." La rigira tra le dita e

se la infila in tasca, insieme a guinzaglio e collare. "Potrebbe tornare utile."

Mi prende per il gomito un attimo prima che le mie ginocchia cedano. "Andiamo."

Gli ultimi raggi di sole si tuffano dietro alle montagne mentre ci avviamo in direzione del locale. Un umano pallido ci saluta alla porta, un nastro nero legato attorno al collo. È magro e anemico, ma di bell'aspetto, come ragazzo.

"Benvenuti al Toxic."

Prendo la mia ultima boccata di aria fresca, i peli alla base del collo che si rizzano nel sentire l'odore di vampiro quando entriamo nel loro covo.

Il portiere si offre di prendere le nostre giacche e io gli rivolgo un sorriso smagliante. "Non ce l'ho."

Trey incrocia le braccia sul petto, il suo cipiglio come chiaro rifiuto. L'umano non tentenna... Non mostra alcuna espressione, a dire il vero. Gli controllo il collo per vedere se ci sono segni di morsi, ma non vedo niente sotto al collarino di raso che sembra essere un collare artigianale. Forse è il motivo per cui lo indosso.

"Siamo arrivati presto," mormora Trey, osservando la pista da ballo vuota. Alcune persone sono sedute a dei tavolini o stanno in piedi accanto al bancone, ma non c'è quasi nessuno qua dentro.

"Apposta. Volevo dare un'occhiata al nostro territorio prima che arrivi la folla." Mentre attraversiamo la sala, gli sto il più vicina possibile, senza arrivare però ad appoggiarmi a lui. Non sembra dargli fastidio. L'odore di vampiro mi intasa il naso.

Trey tira su con il naso con fare derisorio. "Sa da sciacquatura di piatti."

Quasi rido: l'odore vuoto e terroso mi ricorda un tubo di scarico o una cantina sotterranea. O una tomba.

Il barista – un altro umano con il volto impassibile e il collarino di raso – ci versa da bere, senza commentare l'orario.

"Puoi far sapere a Frangelico che siamo qui?" chiedo alla nostra guida. L'uomo dagli occhi vuoti ci guarda, ma annuisce e scompare sul retro. "Gli hai visto addosso segni di zanne?" chiedo a Trey in un sussurro.

"No. Ma potrebbe essere un drogato. Ha un cattivo odore."

Trey prende il suo bicchiere e non lo assaggia. Il suo sguardo perlustra la sala come un guardiano di vedetta. "Quindi questo è un locale di vampiri? Noiosetto, direi."

"Siamo in anticipo di ore."

"Pensi che Frangelico ci incontrerà?"

"Forse. O manderà uno dei suoi tenenti. Giulio Cesare o qualcosa del genere."

"Ah sì." Trey scuote la testa. Un gruppo di persone entrano nel locale e lui rizza la schiena. Facciamo silenzio tutti e due, scrutando ogni singola figura. Sono tutti magri e belli, con un aspetto quasi plastico, ma nessuno di loro è un vampiro.

Restiamo nell'angolo per quasi un'ora, fingendo di bere i nostri drink senza effettivamente toccarli, e guardiamo il posto che si riempie. A un certo punto arriva un dj che inizia a mettere su le ultime hit dance più popolari. La pista è piena di corpi che si muovono e strusciano tra loro. "I succhiasangue non hanno nessun

RENEE ROSE & LEE SAVINO

problema a rendere popolare questo posto," mi mormora Trey nell'orecchio, in modo che possa sentirlo sopra la musica assordante.

"Mi chiedo se ce ne sono alcuni che hanno la sensazione di essere delle prede," rifletto, gli occhi che seguono in particolare una bella ragazza dai capelli rossi. Ha le lentiggini in viso e tutte le curve al posto giusto, con una dolcezza che non ho visto in nessuno nella folla. Una forma ammantata di nero scivola fuori dall'ombra, le prende la mano e fa un inchino. Da dove mi trovo non riesco a vedere il volto dell'uomo, ma la rossa lo guarda con un'espressione che esprime meraviglia mescolata a libidine. L'alto uomo si mette la mano della ragazza sottobraccio e le fa strada verso la porta, ma poi devia e scompare dietro al guardaroba.

"Trey." Richiamo la sua attenzione con una gomitata. "Penso di aver capito dove si svolge la vera azione."

Segue i miei occhi. "Capito. Fai strada. Ti copro le spalle."

Appoggiamo i bicchieri sul tavolino e attraversiamo la pista da ballo. La folla si fa da parte per lasciarci passare.

L'umano alla porta non sembra sorpreso di vederci. "Vi sta aspettando," dice educatamente, spostandosi di lato e mostrando alcuni gradini che conducono a un'altra porta in basso, dipinta di nero, in abbinamento con le pareti. La porta si apre lentamente, svelando una lunga rampa di scale che scende verso una specie di interrato.

Nascondo il mio disgusto: quanto aveva intenzione

di farci aspettare prima di portarci al vero Toxic, il locale sotto al locale?

"Stupidi succhiasangue, sempre a fare i loro giochetti," mormora Trey, dando voce esattamente a ciò che sto pensando. La sua grossa mano sulla mia schiena mi tiene in equilibrio mentre scendiamo nelle buie profondità. Le pareti nere vibrano per i bassi della musica che viene da sopra. Quando arriviamo in fondo ai gradini, ci fermiamo un secondo per permettere alla vista di adeguarsi. Sul soffitto c'è un tubo neon viola che fa il giro della stanza, proiettando una luce inquietante. Ombre scure e monoliti emergono dal buio.

Davanti a noi, la pelle pallida della rossa brilla come un faro. È come uno spettro guidato da un emissario ammantato di nero che l'ha convocata nell'Ade. L'uomo che le sta tenendo le mani si gira e sussulto, riconoscendo i bellissimi lineamenti del vampiro. Nerone mi sorride, prima di guidare la sua preda umana verso un pesante mobile di legno rivestito di cuoio luccicante. Una panca da bondage per le sculacciate.

"Porca puttana," mormora Trey, guardandosi attorno nella stanza. "Era quello che ti aspettavi?"

"Già," sussurro. "Sei pronto a usare quel collare?"

"Solo se te lo metti tu," mi dice. Mi mordo il labbro per nascondere il brivido che mi scorre dentro. Mi pare di ricordare che Trey ha una bella dose di autorità e dominio dentro di sé, pronti a traboccare. Anche da adolescente, sapeva perfettamente cosa fare. Il luccichio nei suoi occhi mi dice che si è accorto della mia eccitazione repressa.

Altre persone scendono dalle scale e ci spostiamo per

lasciarle passare. I vampiri trafilano dalle ombre della prigione, rivendicando i loro umani e portandoli via. Qua e là nella stanza, la gente viene ammanettata o incatenata alle pareti o ai tavoli da bondage a disposizione. La musica proveniente dal locale al piano di sopra è interrotta dal rumore delle fruste che schioccano e dalle grida lamentose delle desiderose vittime. Nessuno dei vampiri fa il ruolo del sottomesso.

"Roba da matti," commenta Trey, ma la sua voce è più profonda, più densa. Annuisco, contenta che nessuno possa vedere quanto sono duri i miei capezzoli né quanta eccitazione senta nelle parti basse.

"Benvenuti, lupi." Una voce liscia e piana dietro di noi ci fa ruotare e piegare le labbra in un mezzo ringhio. Lucius, il re dei succhiasangue, sta in un angolo illuminato da un faro, in posa davanti a un ritratto gigantesco di se stesso. Sembra Dorian Gray, con lo stesso sorriso maligno e la vestaglia di velluto rosso del quadro.

"Ciao," dico prima che Trey possa ringhiare, abbaiare o insultare il nostro ospite. "Grazie per averci invitati."

"Siete sempre i benvenuti qui, mia cara," dice con tono suadente, come il cattivo lascivo di un brutto film. L'unica cosa che gli manca è una pipa e le gemelle di Playboy.

Il re vampiro avanza e devo sforzarmi per non arretrare. Al mio fianco, Trey ringhia. Lucius si avvicina a me solo di un altro centimetro e poi si ferma, chiarendo di non essere intimidito da Trey. "Mi hai chiesto informazioni sul sangue dolce."

"Sì." Fisso il bavero della sua vestaglia di velluto.

"Non è una droga, anche se noi vampiri lo troviamo inebriante. Guarda qui."

Seguiamo il suo braccio puntato verso la parete, dove un vampiro in pantaloni neri e camicia – le maniche arrotolate a mostrare gli avambracci muscolosi – sta frustando una donna che man mano perde le forze. La striscia di pelle schiocca e colpisce, seguita da gemiti. Non sembra che la donna stia soffrendo.

"Ci sono certe persone che gradiscono il dolore, no?" La voce del vampiro riecheggia nel mio orecchio, risuonando come se si trovasse molto più vicino di quanto sia effettivamente. "Il corpo ha modi suoi per ricompensare tale stoicismo."

"Le endorfine," commento. I miei pensieri sembrano fiacchi. I vampiri più anziani possono controllarti anche solo con la voce. La mia mano si muove a caso al mio fianco, trovando quella di Trey. Stringo con forza le sue dita. Lui stringe a sua volta e la mia mente si fa più limpida.

"Sì. Per una tale ricompensa, alcune persone bramano il dolore. Voi li chiamate masochisti." Lucius indica con un cenno della testa la donna alla parete. Il suo padrone-vampiro ha scambiato la frusta di prima con una più lunga e dall'aspetto più malvagio. Posso sentire l'odore dell'eccitazione della donna da qui. "Noi li chiamiamo sangue dolce." La sua voce si abbassa, diventando un sussurro spettrale. "Il dolore rende il sangue più zuccherino."

Dopo lo schiocco della frusta, la donna penzola dalle catene. Il vampiro si porta con grazia al suo fianco e fa scorrere la mano sui segni freschi di sangue che ha sul fianco. La sottomessa freme e il vampiro si avvicina, mormorando morbidamente. Slaccia le manette e sostiene il suo corpo floscio. Con un braccio la tiene su, mentre l'altro le scosta i capelli dal volto e dal collo. La tira a sé. La luce gli fa luccicare le zanne.

Sussulto e mi volto verso Trey, respirando forte.

"Sheridan." La voce di Trey è una ventata di aria fresca, dolce e avvolgente. Fa scivolare un braccio attorno a me, sostenendomi come il vampiro tiene la sua vittima. "Tutto bene?"

Annuisco, piegando la testa indietro in modo che possa vedere la mia espressione. Il suo sguardo preoccupato si fa più tranquillo. "Ti piace."

Annuisco, e lui mi tocca il viso, meravigliato.

La risata di Lucius riecheggia attorno a noi. "Vi lascio esplorare il mio piccolo club. Divertitevi."

Non mi giro a guardarlo mentre si allontana, ma so quando se n'è andato. Anche la coppia vampiro/vittima è scomparsa, magari in una delle alcove coperte da tende che si trovano ai lati della stanza.

Trey mi tiene ancora vicino a sé. "Se è troppo, possiamo andare." Sento il rombo del suo petto sotto al mio orecchio.

"Sto bene." Lo stringo ancora. È così caldo e forte: una roccia vivente.

"Sicura?"

"Sono sicura," ripeto. "Voglio restare."

Il suo sguardo scruta il mio volto, e sussulto. Non voglio che veda questo lato di me, crudo e vulnerabile. Mi stacco da lui, ma tiene le braccia strette attorno a me.

"Tu puoi andare se vuoi," mormoro, e il suo sguardo si raffredda.

"Resto."

"Sicuro?" Ripeto la stessa domanda che mi ha fatto lui un secondo fa. Lo sto prendendo in giro perché non voglio che mi scruti troppo attentamente. Non voglio che veda quanto tutta questa roba mi eccita.

L'espressione sul suo volto mi dice che lo sa già.

"Trey, lasciami andare," sussurro.

"Sicura?" Non mi sta prendendo in giro. Il suo pollice scorre sopra le mie nocche, e mi rendo conto che mi sto tenendo stretta a lui.

Ops.

Quando mi stacco da Trey, mi accorgo che c'è Nerone vicino a me, troppo vicino.

"Ciao, lupacchiotta," dice, e mi irrigidisco. Il braccio di Trey scivola attorno alla mia vita, ma mi allontano da lui prima che mi possa tirare ancora verso il suo petto. È ora che affronti i vampiri da sola.

Ciò che non ti uccide...

"Non ho paura di te," mormoro, alzando il mento.

"Certo che no. Sento l'odore da qui. Sai di... buono." Lo fa suonare come un'oscenità. "Questo posto ti piace."

"Lo sto trovando interessante," rispondo.

"C'è da divertirsi." Nerone sorride, mostrandomi le zanne. Non c'è traccia della rossa con cui è sceso qui. Mi chiedo se sia in un'alcova, a riposare, con un bicchiere di succo d'arancia e una barretta di cioccolata ad aspettarla. Cure per riprendersi dal bondage o cibo per vampiri?

Nerone fa scorrere la mano sul rivestimento in pelle di una panca. "Sarò la tua guida, se vuoi. Il Virgilio per il tuo Dante."

"*Abbandonate ogni speranza, o voi che entrate.*" Cito l'*Inferno* di Dante e il sorriso del vampiro si fa più largo.

"Esattamente. Sei pronta a venire con me?"

Prima che possa rispondere, Trey ringhia. "Dovrai passare sul mio cadavere." Trey si mette tra me e il vampiro. "Lo vuoi questo?"

Resto immobile quando lo vedo prendere il collare. "Vuoi provarlo? Entrare in scena qui?"

"Trey," sussurro.

"Sheridan." Il suo tono mi avvisa di non scherzare. "Dimmi."

"Sì." Sì, voglio provarlo. "Ma non con te." Non dopo l'altra notte. Non ho intenzione di offrirmi a lui solo perché poi mi riaccompagni alla macchina e mi dica buonanotte. No, è meglio che non mi coinvolga sessualmente con Trey. Cioè, non più di così.

"Non è una scelta," dice ringhiando, e mi preme contro il muro, bloccandomi e impedendo che chiunque mi si possa avvicinare. "Qual è la tua parola di sicurezza, tesoro?"

Mi lecco le labbra. Merda. Il mio corpo sta già cedendo. Conosce già il suo padrone. "Tabulato." Sono laureata in finanza e ho un dottorato, e prendo sul serio la contabilità. Il lessico lavorativo smusserà il desiderio.

Scuote la testa, sorridendo in un modo che mi fa capire che capisce l'allusione. Mi ritraggo mentre lui si avvicina, ma dopo un secondo sollevo i capelli e gli permetto di allacciarmi il collare al collo. Trey fa scorrere delicatamente un dito sul mio collo per controllare che vada bene e io resto inerme, le gambe che si sciolgono, già liquida in mezzo alle gambe, le labbra che si aprono per accogliere le sue, mentre lo fisso negli occhi.

"Perfetto," mormora, e china la testa quello che basta per sussurrarmi nell'orecchio. "Non hai comprato questo collare per me, vero?"

Deglutendo, scuoto la testa. Mi accompagna avanti, poi mi fa girare e camminare indietro fino a una grossa cornice. I bracci di legno di una croce di sant'Andrea si allargano sopra la mia testa, un pesante pezzo di pelle e borchie d'argento con le manette che penzolano all'altezza di polsi e caviglie.

Trey mi lega un braccio, poi l'altro, e si inginocchia per legarmi le gambe. Dietro di lui, Nerone guarda, il volto nell'ombra.

Quando Trey si alza in piedi, il mio stomaco fa le capriole nel vedere l'aura di autorità che lo avvolge. Come se avesse premuto un interruttore, e invece del motociclista testa di luna ora ci fosse qui Trey il Dominatore, pronto a dare uno scossone al mio mondo.

"Trey, aspetta," dico, mentre riesamina le manette.

Mi pizzica i polpastrelli, per controllare la circolazione. "Stai comoda?"

"Sì." Mi dimeno un poco. Ho sempre fatto sogni di essere legata così, ma non voglio che sia Trey a farlo. Cioè, ho fantasticato su lui che lo faceva, ma ora che sta succedendo voglio fermarmi. Vero?

"Aspetta un secondo," lo imploro, mentre controlla l'altra mano. "Fermiamoci e parliamone."

Trey esita, accigliandosi. "Se vuoi fermarti, dimmi la tua parola di sicurezza."

Ho la parola *tabulato* sulla punta della lingua. Devo solo dirla, e sarò libera. Posso lasciarmi Trey e il locale alle spalle, andare a casa e mantenere questo ricordo per il resto della mia vita. È quello che voglio, giusto?

Dopo un lungo silenzio, Trey mormora: "Già, come immaginavo. Se dici la tua parola di sicurezza, si ferma tutto. Altrimenti, lo facciamo. Lo vuoi. So che lo vuoi."

"Lasciami andare," sibilo.

Scuote la testa lentamente. "Non se ne parla, tesoro. Non quando ti ho proprio dove e come voglio."

~

Trey

NON HO i miei strumenti personali. Noto che gli altri dominatori hanno delle sacche con l'equipaggiamento necessario, quindi mi arrangio come posso. Mi sfilo la cintura di pelle dai passanti dei pantaloni e arrotolo l'estremità con la fibbia attorno alla mano.

Sheridan mi fissa con occhi sgranati, per metà nervosa e per metà emozionata. Il mio lupo è in realtà più calmo di quanto mi sarei aspettato: è come se percepisse il pericolo qua dentro, come se sapesse che non dobbiamo perdere la testa.

Ma tante grazie al cazzo, perché l'odore di Sheridan mi sta facendo diventare matto.

Sheridan ha davvero un aspetto sexy con la sua tuta

aderente, e per quanto abbia una voglia matta di guardare la sua pelle che si arrossa sotto ai colpi della mia cintura, non permetterò mai a nessun idiota qui presente di vederla nuda. Diciamo che mi piace che abbia uno strato protettivo addosso, a ogni modo. Morirei se le facessi realmente male.

Avvolgo la cintura finché non ne resta che una trentina di centimetri e mi porto davanti a lei. Le sue magnifiche tette si alzano e riabbassano mentre respira affannosamente, il colore degli occhi passa da verde ad ambra. "Bellissima lupa," mormoro, e faccio schioccare la cintura contro la sua coscia. Sussulta, ma sorride.

"Ancora."

Faccio scorrere il pollice sul suo labbro inferiore. Lo mordicchia. "Graziosa, tesoro, ma non sei tu che comandi. Sono io che do gli ordini stanotte."

Gli occhi si dilatano e lei spinge indietro la bellissima testa. Faccio un passo indietro per controllarla con sguardo esageratamente pensieroso, poi le faccio schioccare la cintura proprio in mezzo alle gambe.

Squittisce, il corpo diventa rigido sulla croce, poi si rilassa. La pancia trema mentre espira.

Le colpisco l'interno coscia, diverse volte, poi passo all'altro lato.

I versetti che emette quasi mi ammazzano. Mi sta girando la testa e mi sento come drogato, il che non va per niente bene.

Mantieni la testa lucida. Resta concentrato.

Vorrei strapparle di dosso quella tuta sexy e scoparla subito qui, legata alla croce. E oggi certo che i preservativi li ho comprati. Mi lancio verso di lei, stringendole i seni con forza, mentre mi impossesso della sua bocca.

Geme contro le mie labbra, mordicchiando e leccando avidamente, come se ne volesse sempre di più.

Arretro, privandola della soddisfazione che desidera.

Un altro colpo in mezzo alle gambe. Il rumore della pelle che schiocca è delizioso. Le frusto la fica più e più volte.

"Più forte," geme. Sembra totalmente inebriata. Capisco come una donna in questo stato possa avere un sapore diverso per i succhiasangue. È decisamente fatta. Ma giuro al cielo che se qualsiasi persona si avvicina a questa lupa, lo ammazzo, dando inizio alla guerra che porrà fine a tutte le guerre.

Con la coda dell'occhio vedo Nerone che bazzica in giro, osservando la scena. Digrigno i denti e ringhio, avvisandolo di stare alla larga, ma lui si limita a gettare indietro la testa e ridere.

"Trey," miagola Sheridan. La sua voce è pregna di bisogno.

"Non ancora, piccola. Non ho ancora smesso di frustarti davanti. E quando avrò finito, dovrò girarti e riservare lo stesso trattamento al tuo culo. Sei fortunata ad avere addosso la tuta, e che io sia troppo possessivo per permettere che altri ti vedano senza la sua protezione."

Si lecca le labbra e i suoi occhi annebbiati si fissano su di me. "E poi?"

Le sorrido. "E poi penserò a farti venire."

Ringhia e lotta contro le catene, mentre parte della

sua sottomissione si affievolisce. Rido e le frusto ancora entrambe le cosce, all'interno.

Le colpisco la fica. "Vuoi ancora la mia cintura qui, lupacchiotta?"

Ruota la testa da un lato all'altro, il petto che si alza e riabbassa. "Sì! Cazzo, Trey!"

I miei occhi strabuzzano. "Porca puttana! L'hai detto!"

Si piega in avanti, tirando le catene. "Io l'ho detto. Tu ora fallo."

Rido meravigliato e la ricompenso con un bacio forte e autoritario. La stringo in mezzo alle gambe con la mano libera, applicando una pressione decisa e ondulante.

Il suo respiro si fa ancora più affannoso, più veloce. "Ti prego, Trey."

"E pensare che ti serviva solo un po' di stimolazione sessuale."

Cerca di mordermi le labbra. "Piantala di stuzzicarmi. Ne ho bisogno."

Inarco un sopracciglio. "Hai bisogno di cosa, bellezza?"

"Di questo. Di più. Di te," geme. "Ho bisogno di tutto questo. Per favore, Trey."

Allungo le braccia e le libero i polsi, poi le caviglie. La giro sulla croce e le premo il viso con forza contro l'imbottitura. Inverto le catene e lei fa ondeggiare le anche, come se stesse tentando di trovare sollievo strusciandosi contro la croce. È una delle cose più eccitanti che abbia mai visto.

"Ragazzaccia," la rimprovero, frustandola sul culo.

Capisco che le piace un sacco, perché inarca la schiena e spinge il sedere in fuori per averne ancora.

Allungo un poco la cintura e la frusto ancora e ancora, concentrandomi sulla parte bassa del culo e lavorandomi poi singolarmente una coscia alla volta.

I suoi gemiti si fanno più forti e più veloci, come se stesse per venire solo per le frustate. Sento il cazzo che preme contro i jeans. La vista inizia a farsi fissa e incanalata, i denti si allungano, pronti a marchiarla. Cazzo, non riuscirò a uscirne.

Lancio un'occhiata al succhiasangue nell'ombra e riprendo il controllo. È di aiuto. Inspiro lentamente dalle narici e continuo a frustare con regolarità il culo di Sheridan. Quando le sue grida diventano più acute e disperate, la colpisco in mezzo alle gambe.

Quasi si soffoca tra i suoi stessi respiri.

Frusto ancora.

Un miagolio entusiasta.

Un altro schiocco contro il clitoride.

Grida e i muscoli si irrigidiscono, un brivido meraviglioso pervade la sua forma istigatrice di desiderio.

"Proprio così, piccola." Lascio andare la cintura e la sculaccio con la mano: solo perché ho bisogno di avvicinarmi a lei, di sentire quei muscoli che si stringono mentre viene per le frustate che le ho dato alla fica. Sculaccio e sculaccio: colpi leggeri, veloci, fino a che la vedo afflosciarsi contro le catene.

Nel momento in cui succede, la libero dalle manette e le avvolgo la giacca di pelle attorno alle spalle. "Ecco fatto, piccola. Eri bellissima." La prendo tra le braccia, ignorando le occhiate affamate dei succhiasangue che ci circondano.

Non me ne frega un cazzo delle relazioni branco-vampiri né della nostra missione di spie. Devo solo portare Sheridan fuori di qui. Portarla e casa e metterla a letto.

Nuda.

Con me sopra di lei.

~

SHERIDAN

FACCIO tutto il viaggio verso casa ubriaca di endorfine: quasi non mi accorgo che Trey mi ha fatta sedere sul sedile del passeggero della mia auto, ha preso le mie chiavi e sta guidando. Quando smontiamo, getto la testa indietro, come se fossi in forma di lupo, pronta a ululare alla luna.

La luna mi inonda della sua bellezza: è piena e florida, il suo potere femminile amplifica il mio.

Anche gli occhi di Trey brillano di argento, e all'improvviso non posso credere che non mi abbia mai marchiata. I nostri lupi sono fatti l'uno per l'altra. Come abbiamo potuto negarlo per tanti anni? Mi lancio verso di lui, afferrandogli la maglietta tra le dita, sbattendo le labbra contro le sue.

Lui barcolla indietro, una risata sorpresa che esce in un soffio tra noi, poi mi prende in braccio perché stringa le gambe attorno ai suoi fianchi. Gli mordo il collo, gli lecco le orecchie, i seni premuti contro il suo petto. In qualche modo entriamo in casa e poi ci strappiamo i vestiti di dosso. Faccio a brandelli la sua maglietta. Lui mi leva con forza la tuta. Jeans e boxer spariscono.

Ho la pelle ancora calda e formicolante dopo le frustate che mi ha dato al Toxic, la pulsazione tra le mie gambe è intensa. Avanza verso di me, alto, nudo, potente. I tatuaggi sono disegnati attorno agli avambracci, salgono sulle spalle e gli attraversano il petto. Ha l'uccello eretto, enorme e duro.

Allungo le mani per prenderlo. È passato tanto tempo da quando abbiamo fatto sesso l'ultima volta – dodici anni per essere precisi – ma il mio corpo ricorda. Il mio corpo sa.

Trey mi afferra il polso prima che possa stringergli il membro. Con l'altra mano mi prende una ciocca di capelli e mi tira indietro la testa. "Attenta, piccola," brontola, appoggiando le labbra alla mia mandibola. "Se mi fai eccitare troppo, sarà tutto finito prima ancora che cominciamo."

Rido con voce tremante. Trey si sposta per cingermi la vita e mi accompagna al letto, dove mi fa cadere, con lui sopra.

Non vedo l'ora. Non voglio andare lentamente. Lo tiro a me, sopra di me, le unghie che affondano nella sua schiena. Il suo sesso spinge contro la mia fessura e io ruoto le anche, cercando di aiutarlo ad entrare.

"Aspetta… un momento." Trey quasi si soffoca tra le sue parole. Arretra staccandosi da me e recupera un preservativo dalla tasca dei jeans. Mi pizzico i capezzoli e agito le gambe sul letto mentre aspetto, generando in lui un distinto ringhio animale che gli esce dalle labbra. Strappa l'involucro con i denti.

Mi marchierà?

Non posso neanche pensarlo, eppure la pelle d'oca mi pervade il corpo mentre osservo i suoi canini che si allungano, il luccichio argentato dei suoi occhi di lupo. A un certo livello so che è così: non si tratterrà.

Ho messo alla prova troppe volte il suo autocontrollo.

Si riveste l'uccello e io mi metto in ginocchio per andargli incontro, ma mi spinge indietro. Tiene il pollice sul mio collo, senza premere, ma tenendomi giù.

Mostrandomi chi comanda.

Le mie ginocchia si allargano e lo accolgo tra le gambe. Struscia la cappella contro la mia fessura e inarco la schiena, inspirando di scatto. Sono dannatamente sensibile in questo momento, giuro su tutti gli dei che potrei venire di nuovo, solo per come sta *parlando* con il mio clitoride.

Spinge contro il mio ingresso bagnato, allargandomi mentre accolgo la cappella. Inspiro velocemente quando mi pugnala con un colpo singolo, restando poi immobile.

"Eri pronta, bellezza?" La sua preoccupazione mi fa venire voglia di piangere. È lo stesso uomo tenero e premuroso di dodici anni fa, quando ha preso la mia verginità.

Gli stringo le natiche e lo tengo fermo mentre mi abituo al suo grosso membro. "Sì," dico ansimando. "È solo passato un po' di tempo."

Alla faccia.

I miei occhi si spostano di lato, ma quando lancio un'altra occhiata al suo volto, vedo che mi sta fissando con un'intensità che non mi permette di distogliere lo sguardo. Ruoto il bacino in su per farlo muovere dentro di me.

"Non c'è mai stata un'altra per me." La sua voce è roca e profonda. Tiene gli occhi fissi su di me mentre esce e sbatte di nuovo dentro con forza.

Annaspo per l'intensità della sensazione: sia per le parole sia per il colpo. "Intendi... che non hai mai *amato* nessun'altra?" Sto cercando di capire quello che sta tentando di dirmi. Non è possibile che stia parlando di sesso, giusto? Nessun uomo può restare celibe per dodici anni.

Il suo labbro superiore si piega in un ringhio, mentre esce e rientra di nuovo, mozzandomi il fiato. "Amato. Scopato. Frequentato. *Solo te.*"

È ridicolo, ma incontrollabile. Scoppio a piangere.

Perché... *Trey.*

Il mio Trey.

È ancora mio. Non è mai stato mio.

"Ma..." Non voglio, ma devo chiedere.

Scuote la testa rapidamente, cambia ritmo, passando a colpi brevi e forti. "Dovevo. Per farti partire. Dovevi andare al college. Fare qualcosa della tua vita."

Ora sto davvero singhiozzando, eppure sono in qualche modo completamente in sintonia con il sesso, ne ho sempre bisogno, ne sono eccitata.

"Non sono mai stata con nessun altro neppure io," confesso in un singhiozzo. Assecondo i suoi colpi con il dondolio delle mie anche, lo prendo più a fondo. "Anche per me ci sei stato solo tu."

"Cazzo." Trey impreca, chiudendo gli occhi, le vene che si gonfiano sul collo mentre martella dentro di me più veloce e con maggiore forza. "Cazzo, Sheridan. Mi spiace. Non ho mai voluto farti male."

"Scusa, anche io ti ho fatto male. Sono stata una grossa stronza."

Il tempo rallenta. Si ricompone. O forse entriamo in una dimensione priva di tempo. Tutto quello che sento è il delizioso scivolare e i colpi, la sensazione di essere riempita e svuotata, mentre nel contempo sono tenuta stretta, riverita e onorata.

La magia sprizza tra noi. I nostri lupi si stanno incontrando sullo stesso livello delle nostre identità umane: in perfetta sintonia, in perfetto ritmo.

E poi lo sento ringhiare, sbattendo così forte che il sedere mi si alza dal letto a ogni colpo, la testiera colpisce ripetutamente il muro.

Si sente un ringhio e un dolore netto e soddisfacente.

L'odore del mio sangue mescolato al profumo della sua essenza. La mia eccitazione. Il sesso.

Il marchio.

L'amore.

Il profumo dell'amore.

Cade su di me e singhiozzo contro il suo collo: singhiozzi felici e meravigliosi.

Mi ha fatta sua. Non ha mai voluto farmi male.

Finalmente mi trovo dove devo essere. Dove dobbiamo essere tutti e due.

Insieme.

CAPITOLO DIECI

PRESENTE

Sheridan

NON MI ERO MAI SVEGLIATA ACCANTO a un uomo prima d'ora. È delizioso. Gli arti caldi di Trey sono avvolti attorno a me, il suo odore mi riempie le narici. Mi giro nel suo abbraccio e strofino il naso contro il suo collo. Poi ricordo che mi ha marchiata, e tocco la ferita.

Si è già chiusa. Faccio scorrere le dita sulle zone in rilievo. Trey intreccia le dita alle mie e percorre la cicatrice con il pollice. "Dimmi che non è stato un errore." La preoccupazione gli fa luccicare gli occhi.

È sempre stato un pensatore.

Pensatore e *ri*-pensatore, quando si tratta di me.

Mi ha indotto a odiarlo solo per essere sicuro che andassi a Stanford!

Dolce, esasperante maschio.

Ma mi si seccano le fauci quando penso – penso realmente – a cosa signifchi tutto ciò. I miei genitori daranno di matto. Uno di noi dovrà andarsene di casa. Abbiamo a malapena una relazione alla quale affidarci. Sì, può darsi che abbia affrettato i tempi.

Se con 'affrettare i tempi' intendo trattenersi per dodici anni.

"Non è stato un errore," gli dico. Perché non posso credere che lo sia. Non lo crederò. È impossibile che ci siamo aspettati, pensando che l'altro ci odiasse, se poi non era destino che andasse così.

Appoggia la fronte alla mia.

"Non cambia le cose. Portavo già il tuo marchio... nel cuore."

Trey si rilassa. "Anche io portavo già il tuo." Si picchietta il petto. Restiamo in silenzio per un momento, la sua mano che liscia la mia pelle nuda, risalendo fino al fianco e scendendo di nuovo.

"Non posso credere ai vestiti che indossavi ieri," dice di punto in bianco. "Oh, merda, come eri vestita al combattimento."

"Ah sì?" Mi tiro su con il busto. "Ti piacciono i miei graziosi costumi?"

"Ma lo sono davvero? Dei costumi?" I suoi occhi mi trapassano.

Sbatto le palpebre. "Beh, sì... cioè, non è quello che mi metto al lavoro."

Mi fissa e deglutisce. Ovviamente Trey vede troppo. Vede oltre le mie bugie, mi vede dritto nell'anima. Dopo un lungo silenzio, deglutisco. "Tutti quegli outfit sono solo per divertimento. Non sono la vera me."

"No?"

"No." Mi acciglio, distogliendo lo sguardo, e lui mi

posa una mano sulla guancia, facendomi voltare la testa a guardarlo. "Sono solo per divertimento," sussurro.

Preme le labbra tra loro, espira, e poi tocca a lui distogliere lo sguardo. Si gira verso il mio armadio, come se avesse la vista a raggi-X e potesse scorgere tutti i dannati costumi che tengo là dentro.

"Che c'è?" gli chiedo.

"Io la vedo diversamente. I completi eleganti che indossi, la tua recita da bambina di papà... penso che sia quella la maschera. Mentre le sere in cui ti lasci andare... lì sta la vera te."

Mi sdraio sulla schiena e afferro il mio cuscino. Voglio coprirmi la faccia. "Non credo."

Trey non si è mosso. È ancora con il busto sollevato e mi guarda dall'alto. Solo che adesso i suoi occhi diventano teneri. "Io invece sì."

Rotolo via, portandomi dietro il cuscino per soffocare le mie parole. "Come ti pare."

Il suo palmo cala sulla mia natica sinistra.

Mi rigiro ringhiando. "Ehi!"

Ride e mi afferra il sedere con forza per un secondo, prima di darmi un profondo massaggio. "Non puoi nasconderti davanti a me."

"Non mi sto nascondendo," dico mettendo il broncio.

"Non davanti a me. Mai davanti a me." Inarca un sopracciglio biondo. "Conosco tutti i tuoi segreti." Abbassa la testa e mi bacia la spalla. "Loro..." Le sue labbra passano sopra al punto vulnerabile sotto all'orecchio, "sono..." e trattiene il lobo tra i denti, tirando, "tutte..." finge di mangiucchiarmi la cartilagine.

Chiudo gli occhi. Le mie orecchie sono così sensibili... "mie."

Ci entra con la lingua e la sensazione mi pervade, deflagrando in mezzo alle gambe. Cerco di staccarmi da lui e le sue mani mi stringono con maggiore forza, tenendomi giù, indifesa. Mi dimeno contro le lenzuola, eccitandomi sempre di più.

Striscia più in basso e mi allarga le cosce, facendomi ruotare le ginocchia fino alle spalle. Una lunga leccata mi porta a spingere contro la sua presa. Fremo per il desiderio di averne ancora.

"Trey," dico con voce roca.

"Hai un sapore così buono, piccola." Fa schioccare la lingua e si tuffa di nuovo, leccando dentro di me, facendo roteare la lingua tra le grandi labbra, attorno al clitoride.

Gemo e mi dimeno, spingendo le ginocchia contro le sue mani, ma lui continua la sua tortura, facendo scattare la lingua sul clitoride e iniziando poi a succhiarlo. Proprio quando sto per venire, si ferma e si tira indietro. "Girati."

Vorrei chiedergli perché, ce l'ho sulla punta della lingua insieme a una parolaccia, ma ricordo quanto ho adorato la sua autorità ieri notte, e faccio come mi chiede. Immediatamente sono trasformata in un grumo fremente di attesa. Sento che apre un preservativo e mi sale sopra, allargandomi le gambe.

"Ho dodici anni da recuperare," ringhia, come se dovesse essere una punizione, quindi mi penetra. È ancora troppo grosso, ma sono una mutante, quindi non mi sento indolenzita, e adoro davvero la posizione. Il ventre di Trey sbatte contro il mio sedere, la sua cappella colpisce un punto dentro di me che mi fa gemere.

Stringo le lenzuola tra le dita, con forza, per tenermi mentre lui prende ritmo, affondando sempre di più a ogni colpo.

"Trey… cielo… Trey," gemo.

Impreca e accelera, colpendomi il sedere con l'inguine, scopandomi sempre più forte.

Sebbene mi tenga alle lenzuola, mi spinge verso la testiera del letto, alla quale mi aggrappo subito.

"Oh, che eccitante, piccola." Trey lo tira fuori e mi solleva i fianchi, così che le ginocchia mi sostengono e ho il petto premuto contro il letto. Entra in me in questa posizione e subito mi ritrovo a gemere, del tutto pronta a venire.

A quanto pare piace anche a lui, perché le sue dita mi affondano nei fianchi, i respiri si trasformano in ringhi.

"Sheridan… cazzo!" Porta una mano davanti e mi schiaffeggia il clitoride.

Vengo gridando. Lui ringhia e mi appiattisce sul letto, venendo ripetutamente con colpi pulsanti e selvaggi. Mi bacia il collo, dondola contro il mio sedere lentamente e teneramente. "Come ho potuto lasciarti andare?" mormora.

Mi si stringe il cuore. Non l'ho perdonato del tutto per questo, anche se capisco.

Si alza per andare a buttare via il preservativo e io mi giro. Sento lo stomaco che brontola con forza, e ci metto sopra una mano, ridendo.

"Devo dare da mangiare alla mia bambina." Mi pianta un bacio morbido sulle labbra.

"Adoro gli uomini che cucinano." Si allontana e il gioco dei muscoli sulla sua schiena è ipnotico.

È chiaro. Non mi devo nascondere da Trey. Gli piaccio come sono.

Scendo dal letto e mi infilo un paio di mutandine.

Quindi gli piacciono i miei vestiti selvaggi? Tanto vale che lo benedica con un'altra dimostrazione.

Mi porto davanti all'armadio, progettando un nuovo outfit che chiamerò: 'Sheridan davanti, puttanella di dietro." In quella uno strano *bip* mi distrae dalla scelta del cardigan da mettere insieme agli shorts e a una maglietta corta. Cerco sotto alle coperte e trovo il cellulare che sta suonando – quello di Trey – proprio mentre lui rientra in camera.

"È pronto da mangiare."

"Ottimo." Gli porgo il telefono. Smette di suonare, ma ricomincia subito dopo. "Qualcuno è popolare. Vista l'ora, potrebbero pure lasciare un messaggio in segreteria."

Si acciglia guardando lo schermo. "È Grizz. Aspetta un attimo." Strisce di luce che filtra dai balconi gli striano il volto mentre risponde. Mi accoccolo attorno a un cuscino, cercando di non origliare.

"Sì." Le sue spalle si irrigidiscono, ogni tratto del suo corpo attento e angosciato. Si gira, come a volermi proteggere da chiunque sia al telefono. "No. Capito."

"Che problema c'è?" Allungo la mano e lui si ritrae di scatto. Abbastanza vicino per poterlo toccare, ma allo stesso tempo così lontano.

"Devo andare," dice Trey. "C'è un cadavere al Fight Club."

Tutto l'ossigeno viene risucchiato dalla stanza. "Mutante?"

"No." Gli occhi azzurri di Trey sono cupi. "Umano."

QUANDO ACCOSTIAMO FUORI DAL CLUB, Grizz è di guardia, il volto segnato dalle cicatrici, immobile come pietra. È un gargoyle enorme, poi ci avviciniamo e si sposta per venirci incontro. "Capo."

"Dov'è il corpo?" chiede Trey mestamente.

Grizz ci accompagna alla porta sul retro. Il corpo è un mucchio floscio, mezzo appoggiato alla porta, i capelli rossi a coprire il volto. Mi mordo un pugno per sopprimere un grido. La rossa del locale. Possibile che sia lei? Ha fatto il suo spettacolino con un vampiro e poi è scomparsa: una vittima della sete di sangue di Nerone? L'ha frustata frenetico e poi l'ha trascinata in un'alcova per succhiarle tutto il sangue perché era arrabbiato con me?

Sono io la causa?

Poi Trey si accuccia e scosta alcuni ciuffi di capelli dal viso. Non è una donna, ma un giovane uomo con gli stessi capelli rossi. Non mi è di aiuto. Poteva essere lei.

Chiudo gli occhi, respirando affannosamente per stare in equilibrio. Il naso mi si riempie dell'odore della morte. Sotto al puzzo di cadavere si sente un sottile aroma di colonia che non copre del tutto il freddo odore di vampiro.

"Segni di zanne sul collo," conferma Trey. Trey sembra più vecchio di dieci anni mentre maneggia il corpo con le mani grosse e callose, ma infinitamente delicate. "Già rigido. Il rigor mortis è già cominciato."

"Devono aver aspettato fino all'alba prima di scaricarlo," dice Grizz. "Ho sbattuto fuori tutti attorno alle due e mezzo. Me ne sono andato un'ora dopo. Avrei finito di pulire stamattina. Se hanno tenuto d'occhio questo posto, sanno che mi alzo presto e torno qui prima delle otto, anche dopo le serate con i combattimenti. Hanno avuto una finestra temporale di due, forse tre ore."

"Avete videocamere?" chiedo, la paura e la bile che ancora mi intasano la gola.

"No." Scuotono la testa entrambi.

"Non ci servono," borbotta Grizz. "Sappiamo chi è stato." *I vampiri.*

"Abbiamo bisogno di sapere quale," protesto. "Frangelico sembrava pensare che il suo covo sapesse mangiare senza uccidere. Potrebbe non aver approvato lui quest'azione."

Grizz scuote la testa. "Un vampiro buono è un vampiro morto," ringhia, prima di voltarmi la schiena.

Sobbalzo appena una motocicletta entra rombando nel parcheggio del club, sollevando la ghiaia. Jared smonta a terra e cammina a grandi passi verso di noi. Più si avvicina e più la sua espressione si fa buia. Si accuccia davanti al corpo, alzando il naso in aria. Gli basta inspirare una volta.

"Cazzo," sbotta, allontanandosi mentre si passa una mano tra i capelli. La grossa mano di Trey mi tira a sé. Mi appoggio a lui e rabbrividisco, anche se non è freddo. "Stai bene?" mormora.

"Me la caverò," rispondo, mentre Jared torna indietro.

"Che stronzata del cazzo," abbaia. "Vampiri di merda, sempre a fare i loro giochi. Sapevo che non potevamo fidarci di loro."

"Non sappiamo se sia stato Frangelico," propongo.

"Certo che è stato lui," esplode Jared. "Ci ha costretti a fare un patto con loro, e adesso ci tira questa merda addosso per darci prova del suo potere."

Vorrei ribattere dicendo che potrebbe trattarsi di un vampiro ribelle che agisce contro Frangelico, ma mi mordo il labbro. Non è il momento giusto.

Un rombo risuona nel petto di Trey e gli premo una mano sul cuore, guardando Jared. "Non importa chi è stato. Dobbiamo agire. La polizia farà domande, se troveranno il corpo."

"Dobbiamo spostarlo," dice Jared.

"Me ne occupo io," dice Grizz. "Ho il mio furgone."

"Ti aiuto io." Trey mi stringe a sé prima di allontanarsi.

"Aspetta. Lo sentite anche voi?" chiede Jared. Tendiamo tutti le orecchie. Trey inizia a imprecare e non si ferma finché il suono delle sirene di emergenza non si fa sempre più forte.

Trey

SONO al centro del parcheggio del Fight Club, le mani distese e aperte ai fianchi. Meglio non mostrare pugni o rabbia con tutta questa polizia attorno. Stare rilassato è un vero sforzo.

Dietro di me gli agenti interrogano Grizz e Jared. Hanno già interrogato Sheridan e me. Ho chiamato Garrett perché portasse qui la sua compagna Amber – un'avvocatessa – in caso trovino un motivo per sbatterci dentro. Di tutti noi è Grizz quello per cui nutrono più sospetti: gli lanciano occhiatacce e mormorano tra loro. L'orso è il sospettato più papabile: viene da oltreconfine, ha trovato il cadavere e ha dei precedenti.

Qualcuno ci ha incastrato, cazzo. La chiamata è stata fatta alle otto e due di stamattina, proprio quando io e Sheridan siamo arrivati qui. Non abbiamo avuto il tempo di spostare il corpo. Sono riuscito per un pelo a buttare i sacchi dell'immondizia nel bidone, prima che le auto inondassero il piazzale, con le sirene urlanti. Non abbiamo avuto il tempo di muoverci né di scappare. Neanche di inventarci una storia.

Sheridan mi si avvicina. So che è lei dal tenero odore di vaniglia e arancia nell'aria. "Ho chiamato mio padre." Si stringe le braccia attorno. "Lui e l'alfa Green cercheranno di manovrare la situazione, di trovare una spiegazione per i segni di morso sul collo."

Annuisco brevemente. Odio chiedere favori, ma il branco di Phoenix ha più contatti con gli agenti umani rispetto a me.

"Dovremmo avvisare anche Frangelico." Mi massaggio dietro al collo. Mi sta venendo il mal di testa al pensiero di dover affrontare quella piccola conversazione.

"Sì, e Garrett dovrebbe arrivare tra poco. Porta Amber con sé." Sheridan si sfrega le braccia. Sta tremando nella sua giacca: quella che le ho dato io. Vorrei stringerla, ma non penso che me lo permetterebbe. Almeno è avvolta in qualcosa di mio.

Guardiamo entrambi la polizia che tira il nastro giallo davanti alla porta.

"Allora è fatta." C'è più amarezza di quanta ne vorrei nel mio tono di voce. "Mi sa che hai ottenuto quello per cui sei venuta qui."

Sgrana gli occhi. "Cosa?"

"Il Fight Club è ufficialmente chiuso fino a ulteriori indagini. Era quello che volevate, giusto? Tu e il branco di Phoenix."

È un colpo basso che di certo non dovrei sferrare dopo averla marchiata come compagna. I lupi hanno fatto e accettato il loro patto, ma le ferite tra le nostre parti umane... non si sono rimarginate del tutto. E abbiamo ancora una marea di cose da sistemare e capire.

"Non è giusto," ribatte con tono freddo. "Pensi che volessi questo?"

Cazzo.

"No," sospiro. Sono esausto e incazzato, ma non è giusto che me la prenda con lei. "Penso che sia stato solo un tempismo di merda."

"Non volevo un altro cadavere. Volevo proprio

evitarlo, anzi." Si morde il labbro, voltandosi a guardare la scena del crimine.

"Già." Mi sgonfio. Gli agenti hanno portato via il corpo, ma nella mia mente vedrò per sempre la vittima accasciata accanto alla porta del luogo che ho faticato tanto per mettere in piedi.

"Ehi," ci chiama Garrett, attraversando il piazzale con la sua compagna Amber al fianco. Si ferma davanti a noi, accarezzando un secondo la compagna prima di indicare Grizz e mormorare qualcosa. Fa un cenno con la testa e lei si allontana di corsa, andando dritta verso il grizzly che è più alto di una spanna rispetto ai poliziotti che gli ronzano furenti attorno. Amber si fa spazio a gomitate in mezzo alla ressa, la voce che si alza tra parole come 'mio cliente' di qua e 'giurisdizione' di là.

"Grazie per essere venuto." Stringo la mano del mio alfa e accetto la sua pacca sulla schiena.

"Figurati. Ne verremo fuori."

Sheridan è a lato, appena fuori portata.

"Mio padre lo sa?" chiede Garrett.

"Sì. L'ha chiamato Sheridan." Sussultiamo entrambi.

"Va bene." Sospira. "Sarà meglio che lo aggiorni. Testa alta. Troveremo una soluzione."

"Già," mormoro. So quanto lui che ho messo a rischio il culo di tutti. Se si sparge la voce dei segni sul collo della vittima, tutti i paranormali potrebbero trovarsi smascherati. Sarebbe un casino inimmaginabile.

Cazzo. Come ha fatto tutto ad andare così storto tanto velocemente?

"Ehi," mormora Sheridan al mio fianco. Anche con

i pochi minuti che abbiamo avuto per cambiarci e correre qui, è sempre bella e perfetta, neanche un capello fuori posto. Non c'entra nulla con questo piazzale ghiaioso di merda, il sito di una scena del crimine.

Sono stato io. L'ho portata qui io, ho fatto in modo che questo fosse parte della sua vita. L'ho marchiata, legandola a me per sempre. Trascinandola in basso come avevo fatto prima. Presto si sveglierà e si renderà conto di essere stanca dei bassifondi. È solo questione di tempo.

"Tutto bene?" Scruta il mio volto.

"Sì." Non posso più sopportare di guardarla.

"Beh…" Esita, poi posa una mano sul mio bicipite. A quel lieve contatto, il cazzo mi diventa duro. "Direi che è meglio che vada."

Vorrei fermarla e tirarla a me. Scusarmi per essere un tale rompipalle. Ma è di nuovo come al liceo: suo padre che sottolinea quanto abbia una cattiva influenza su di lei. Ora sono andato oltre e l'ho marchiata, e abbiamo un sacco di cose da risolvere. È difficile capire come ne verremo mai fuori.

Sospiro. "Sì, meglio se vai."

Inspira con forza, come se non si fosse aspettata che fossi d'accordo. Le prendo il volto tra le mani e le accarezzo la guancia. "Non dovresti vedere questo orrore."

La sua espressione si ammorbidisce. "Sono una ragazza grande," mormora, stringendomi il braccio, ma non la guardo mentre lentamente se ne va.

Tutto il mio mondo sta crollando, e ancora una volta lei è qui a farne da testimone. Se c'è mai stato un motivo per cui non siamo fatti l'uno per l'altra, eccolo qua.

CAPITOLO UNDICI

PRESENTE

Sheridan

L'AUTO nera ha ricominciato il suo tour, e passa lentamente davanti a casa mia mentre guardo dai balconi. So che è Nerone. Lo stupido vampiro ha un desiderio di morte.

Scoprirà che non sono una vittima.

Il mio telefono suona. È un numero sconosciuto di Tucson. Potrebbe essere Trey? L'ho chiamato diverse volte oggi, ma mi ha solo mandato brevi messaggini di risposta, dicendo che ci è dentro fino al collo e che mi chiamerà più tardi.

"Pronto?" rispondo senza fiato.

"Sheridan."

Mi si afflosciano le spalle. "Papà."

Aspetta. Scosto il telefono dall'orecchio per ricontrollare lo schermo. "Cosa ci fai con un numero di Tucson?"

"Sono in città per affari. Affari del branco. Ripulire il casino che hanno combinato i lupi di Garrett."

"Ehi," lo difendo. "Il branco non c'entra niente. Sono stati i vampiri a metterli nei casini. Non dare la colpa a Garrett o al suo branco. Non se lo meritano."

"Come vuoi." Mio padre tira su con il naso. "Ma ora siamo tutti coinvolti. In realtà, sto chiamando perché ho sentito delle voci fastidiose riguardo al tuo comportamento."

"Al mio comportamento?" Mi viene caldo, poi freddo. *Piantala, Sheridan.* Sono una persona adulta. Non dovrei preoccuparmi di aver fatto arrabbiare papà.

"Sì, Sheridan. Voci secondo le quali passi il tempo con il ragazzo dei Robson."

"Non è un ragazzo, papà. È un uomo." E grande e grosso. "E io sono una lupa adulta. Posso passare il tempo con chi mi pare."

"Non se vuoi apparire responsabile agli occhi del branco."

"Che importanza ha il modo in cui appaio? Io sono responsabile. E poi non sono affari di nessuno."

"Sono affari miei." Mio padre tira fuori la sua voce da *zitta e buona quando te lo dico io.* "Sono tuo padre."

"Sì, ma non mi dici con chi accoppiarmi."

Inspira con forza. "La cosa è seria fino a questo punto, quindi?"

"Può darsi." Trey non risponde alle mie chiamate da tutto il giorno, ma non serve che mio padre lo sappia. "Pensavo volessi dei nipotini."

"Con un lupo buono e onesto, proveniente da un branco rispettabile. Non col... col..."

"Col figlio di un'operaia?"

Mio padre ringhia invece di rispondere.

"Col proprietario di un Fight Club per mutanti?" La mia rabbia esplode. Era ora che ne dicessi quattro a mio padre per la sua ossessione per la gerarchia di branco. "O sono i tatuaggi e la motocicletta a preoccuparti? Perché sai chi aveva i tatuaggi e guidava la moto? Il tuo stesso figlio, ecco chi." Mi mordo la lingua prima di dire qualcosa che non potrei ritirare. Non è colpa dei miei se mio fratello era un po' testa calda, se è morto in un incidente con la sua moto, facendo quello che gli piaceva.

"Lo so," ringhia mio padre. "Non è nessuna di queste cose. Questo Robson non è abbastanza per te."

"Forse no." Mi siedo fiaccamente sulla mia scrivania, improvvisamente stanca. Perché sto difendendo qualcuno che mi ha marchiata, ma ancora non mi ha perdonata? "È gestore di un'attività e un leale membro del branco, che ha corso dei rischi per seguire il suo sogno. Non vale qualcosa, forse? Meglio di me, che sono andata al college e ho ottenuto una posizione che mio padre ha agevolato. Non contano i diplomi e le lauree che ho: essere tua figlia mi ha fatto ottenere il mio lavoro e mi porta ad avere delle promozioni. Lavoro sodo, ma se non fossi una Green dovrei farlo il doppio per andare avanti." Ovvero ciò che ha fatto Trey. "Forse dovrei lasciare il birrificio e partire da zero in un'altra azienda. Può darsi che debba iniziare da una mansione di operaia, ma almeno saprei di essermelo guadagnato."

"Non butterai via la tua formazione," dice bruscamente mio padre.

Mi sposto sulla scrivania e lascio che il silenzio parli per me.

Dopo un minuto, mio padre sospira. "Tesoro, sai che ti voglio bene. Voglio solo il meglio per te."

"Lo so." mi rendo conto che sto giocherellando con il calendario delle citazioni sagge. Non strappo i giorni da più di una settimana. Lo faccio cadere. "Senti, lascia solo che faccia il mio lavoro qui. Ti fidi di me?"

Quando finalmente mi libero di mio padre, mando immediatamente un messaggio a Trey. "Vieni qui stasera?" Aspetto un minuto, fissando lo schermo, ma non mi risponde. Il morso alla spalla fa male e me lo massaggio per alleviare la sensazione. *Rilassati, è passato solo un minuto. Non è arrabbiato con te. Solo che non è ancora riuscito a vedere il telefono.*

Mordicchiandomi il labbro, controllo fuori dalla finestra. La macchina nera è sparita. Il che mi fa venire in mente che qualcuno dovrebbe andare al Toxic a raccontare formalmente a Frangelico quello che è successo oggi. Anche se le sue spie gli avessero riportato tutti i dettagli, il branco dovrebbe contattarlo, e dato che sono già stata al Toxic tocca a me. Garrett probabilmente ha già abbastanza da fare con suo padre. Mando un rapido messaggio a mio cugino. Per quando ho scelto cosa mettermi – una pratica gonna nera e una maglietta che potrei indossare alle Nazioni Unite (o all'equivalente del mondo paranormale) – Garrett mi ha mandato un messaggio con il via libera. "Buona idea. Porta rinforzi."

Certo. Rinforzi. Chiamo Trey. Tanto non c'è niente di complicato tra lui e me.

Il mio marchio pulsa mentre il telefono suona e poi

va alla segreteria telefonica. Segreteria telefonica? Sul serio?

Riaggancio e metto giù il telefono piuttosto che lanciarlo dall'altra parte della stanza. Ecco. Carina e professionale. Non c'è bisogno di dare in escandescenze. Non mi sta mica evitando.

Passo un bel po' di tempo ad asciugarmi i capelli. Sto per iniziare a truccarmi, quando un cinguettio del mio telefono mi fa scattare a vedere chi sia a scrivermi. *Davvero, Sheridan? Sei tanto disperata?* È una mail da parte di Garrett al branco che ci informa di una riunione. Sono inserita per conoscenza. Carino da parte sua includermi. Inoltro la mail a mio padre e gli faccio sapere che parteciperò come rappresentante del branco di Phoenix. Lavoro concluso.

Trey non mi ha ancora risposto. Devo riprovare a contattarlo? O concedergli qualche minuto in più per rispondere ai precedenti tentativi? Scorro i messaggi della giornata. I miei sono sempre più preoccupati, i suoi sempre più tersi, fino a che non mi risponde più.

E lì capisco. Si è preso gioco di me. Trey mi ha ingannato. È come se lo potessi sentire adesso: *Sto attraversando un momento difficile, piccola. Dobbiamo andare con calma. Non sono pronto a sistemarmi.* Ma cosa pensavo? Sbattermi un tipo la cui idea di affari è quella di vendere birra parallelamente ai combattimenti illegali in un magazzino fatiscente? Io sono più sveglia di così. Ho il mio dannato dottorato.

Sbatto giù il telefono e prendo il mascara, aprendo bene gli occhi e spazzolando aggressivamente le ciglia. Trey pensa di portarmi a letto e poi di sparire nel nulla?

Cioè, va bene, tanto non è mica che mi abbia marchiata... oh, aspetta. L'ha fatto. Mi ha marchiata. Come sua compagna. Mi ha fottutamente marchiata come compagna, e meno di ventiquattr'ore dopo non risponde neanche a una dannata telefonata quando ho bisogno di lui.

Ok, calma. Sbatto le palpebre guardandomi nello specchio, ma le ciglia si appiccicano. Troppo mascara. Mai mettersi il mascara quando sei incazzata. Troppi strati trasformano le ciglia in una specie di riccio di mare.

Mi sto comportando in maniera irrazionale. Lo so. Ma è stato un giorno carico di emozioni. E non mi piace quando un tizio promette di stare con me per sempre, marchiandomi la pelle permanentemente, e poi scompare. In questo modo si becca un pass per una bella minaccia contro la sua nuova attività e l'intera esistenza. È una cosa rozza. Ma se fossi davvero la sua compagna? Non vorrebbe stare con me?

Mi lavo il viso. Non ho tempo per questi pensieri. Ho un appuntamento con Frangelico.

Spero che ai vampiri piacciano vagonate di ombretto e mascara, perché stasera sono totalmente grunge. Mi levo la gonna sofisticata e ne indosso una più corta, sostituendo anche le scarpe ragionevoli con i Doctor Martens. All'ultimo minuto mi infilo la giacca di Trey, perché anche se sono pronta a investirlo con la mia Mercedes ho comunque voglia di sentirmi avvolta dal suo profumo. Stupido istinto dell'accoppiamento.

Nel momento in cui entro nel sotterraneo segreto dedicato al bondage, sotto al Toxic, capisco di aver fatto un errore. Ci sono succhiasangue ovunque, vestiti di scuro, con le zanne in bella mostra. Sono dappertutto, occupati a incatenare le loro vittime alle pareti, a legarle ai tavoli, a tenderle su apposite strutture. Gli umani e le umane sospirano e gemono e si accasciano. Vorrei scuoterli, gridare loro di fuggire. Portare fuori tutti gli umani e dare fuoco a questo posto. *L'amore non è reale, e anche se lo fosse, certo non lo troverete con dei dannati vampiri! Già, i vampiri esistono e tu stai per lasciare che uno di loro ti succhi il sangue. Ecco, aspetta che gli pianto un paletto nel petto, così puoi vederlo bruciare.*

Questo truce pensiero mi sostiene mentre mi aggiro tra i vari scenari per trovare il re.

Alla fine lo vedo appollaiato su un pesante trono di legno in mezzo alla stanza, intento a osservare una coppia di tremanti sottomesse legate a due croci. Su di loro sta operando un grosso uomo con un collarino nero al collo e un imbrago di cuoio, con in mano una bacchetta violetta.

Un trono vero e proprio. Ovvio. Ruoto gli occhi al cielo e mi avvicino, piazzandomi davanti a lui. "Dobbiamo parlare." Mi sa che ho usato le ultime vestigia della mia capacità tattica cercando di arrivare a Trey.

Il re inarca un sopracciglio, ma fa segno al suo servitore, che abbassa la bacchetta.

"Qui? O andiamo nel mio ufficio?"

Voglio avere privacy, ma non è che desideri realmente finire dietro a una porta chiusa insieme a un vampiro. Lucius deve vedermi combattuta, perché si alza in piedi e batte le mani. "Facciamo due passi."

Con mia sorpresa, scende dalla sua piattaforma

sopraelevata e si porta accanto a me. Non mi offre il braccio, grazie al cielo, e non sembra essere disturbato dal fatto che mantenga una certa distanza, oltre a stare mezzo passo indietro per poterlo tenere d'occhio. Siamo quasi tornati all'ingresso della stanza, dove alcune attrezzature sono state spostate per fare spazio a un divano e due poltrone con un paio di tavolini, quando mi rendo conto di seguirlo come una sottomessa.

Oh, bene. Non è che gli sia esattamente sottomessa. Se pensa che gli obbedirò, cambierà presto idea.

"Che novità ci sono?" chiede Frangelico dopo che ci siamo seduti, e io rifiuto il drink che mi offre. Diciamo che sono pure fiera di non aver rabbrividito. Cosa vogliono far bere ai loro ospiti i vampiri? Dei Bloody Mary?

Mettendomi comoda nella mia poltrona, gli dico del corpo rinvenuto al Fight Club e dell'indagine da parte degli umani: tutto il casino, insomma.

A suo credito, Frangelico ascolta tutto il mio racconto senza interrompermi. A dire il vero non cambia neppure espressione. Scommetto che sa del corpo – le sue spie sono ovunque – ma sta al gioco. O forse è veramente interessato alla reazione del branco di lupi mannari a tutta questa storia. E poi ci sono da considerare gli umani: i vampiri sono potenti, ma non si riproducono rapidamente. E questo è il motivo per cui gli umani sono un'effettiva minaccia per tutto ciò che è paranormale. A conti fatti, sia i vampiri sia i mutanti sono in minoranza.

Quando ho finito di raccontare, mi mordo la lingua

nel nervoso silenzio che segue, mentre lui sembra considerare tutto.

"Quindi perché vieni da me? L'indagine… vuoi che vi ponga termine?"

"No, no," mi affretto a dire. "Ce ne occuperemo noi. Il mio alfa – l'Alfa Green – ci sta già lavorando." Non ho intenzione di mettere i vampiri alle calcagna delle forze dell'ordine. "Voglio solo che questi decessi – queste vittime con i segni di zanne sul collo – non si verifichino più. Può essere successo che uno dei tuoi, ehm, abbia esagerato un po' con il bere?"

"I miei sono ben addestrati, anche troppo. C'è qualcuno che disobbedisce alle mie restrizioni, ma non oserebbero mai infrangere le mie regole." La voce del re si fa spaventosa. "Se lo facessero, le conseguenze non sarebbero piacevoli per loro."

"Bene." Aspetto che il mio stomaco sia tornato alla normale posizione prima di continuare. "Non sto accusando nessuno. Ma se non è uno del vostro covo, allora c'è in giro un vampiro malvivente. Immagino che tu non sia contento al riguardo."

"No." Lucius praticamente sibila. "Non lo sono."

"Ciao, lupacchiotta."

Mi volto e vedo Nerone che mi sorride. "Oh, ciao."

Il tenente fa il giro della mia sedia per offrire al suo re un piccolo inchino. Frangelico gli risponde, ma alza leggermente l'indice. Il suo volto sembra più impassibile. È contento dell'interruzione?

"La nostra ospite mi dice che è stato trovato un cadavere con segni di zanne al locale di combattimenti dei mutanti. Ne sai niente?"

"Certo." Nero fa un altro inchino. "Ho ricevuto dei rapporti prima e sto monitorando la situazione. Quando avremo maggiori informazioni, riusciremo a trovare chi ha disobbedito alle tue leggi."

"Se è stato uno dei miei, ha fatto la cosa di proposito," dice Lucius con perfetta calma, ma tutti i peli del mio corpo si rizzano. "Un'aperta presa in giro della pace che ho ordinato tra la mia gente e i lupi."

Nerone si inchina. Quando il re è arrabbiato, probabilmente è meglio trattenere la lingua. Intreccio le mani in grembo e continuo a guardare i vampiri, sempre evitando il contatto con gli occhi. Nerone indossa il suo solito completo con gli stivali da cowboy, anche se non ha la giacca. Le maniche della camicia sono arrotolate, come se avesse appena concluso una delle sue performance sessuali. Sarebbe davvero sexy, se non fosse un succhiasangue.

"Forse potremmo trovare un modo per rafforzare la tregua," propone Nerone. Non posso credere che abbia preso la parola, con il suo re qui che sta ribollendo di rabbia. Ruota verso di me, fluido come una porta su cardini ben oliati, e mi offre un piccolo inchino. Non che tutta questa galanteria abbia alcun effetto su di me. "Hai dimostrato grande disponibilità a trattare con il nostro covo. Mi piacerebbe moltissimo che mi accompagnassi a un evento che il nostro locale sta sponsorizzando in centro."

"Di che si tratta?" chiedo con tono asciutto, fingendo noncuranza per aver ricevuto un invito da un vampiro. "Tipo una raccolta di sangue?"

Sia Lucius sia Nerone ridono in modo spaventoso.

"Il tuo senso dell'umorismo è squisito." Nerone fa gran scena di asciugarsi gli occhi con un fazzolettino di pizzo. "Non una raccolta di sangue. Un concerto notturno gratuito di uno dei nostri più talentuosi… ehm… protetti."

Sbatto le palpebre, non sapendo bene se mi disturba di più l'invito, oche il Toxic sovvenzioni un concerto per umani o che abbiano dei protetti. L'evento mi sembra tanto una insospettabile trappola.

"Se mi accompagnassi, ne sarei onorato," continua Nerone.

Inclino la testa, cercando di capire il senso di tutto questo. "Cos'è, una specie di appuntamento?" Il mio cervello si sta ancora affannando a tenere il passo.

"Se ti va."

"Non sono una delle tue vittime," ringhio. Cosa pensa, di potermi offrire da mangiare e da bere per poi convincermi a tornare qui per una scena di bondage, in modo da poter a sua volta bere e mangiare su di me?

"Certo che no." Il suo sorriso dice il contrario. "Sarebbe un semplice esperimento. Possiamo provare che vampiri e lupi possono stare bene in vicendevole compagnia. Verremmo visti come pari."

Premo le labbra tra loro, cercando di capire la sua strategia. Nerone è ossessionato da me. Come la prenderà il branco se esco insieme a lui? La interpreterebbero come una mossa per confermare la pace o un segno che sono alla sua mercè? Come la considererebbero Garrett e il suo branco?

Cosa più importante: cosa ne penserebbe Trey?

"Lasciami mettere le cose in chiaro. Mi hai invitata a

un concerto. Io e te andremo a vedere e a farci vedere insieme. E poi?"

"Vediamo dove portano le cose." Nerone fa un gesto eloquente con le mani.

Scuoto la testa. Mi sto sentendo un po' intontita. "A me sembra un appuntamento."

"Può esserlo." La voce di Nerone mi ipnotizza. "Se tu vuoi che lo sia."

Sto per rispondere, quando un'ombra cala tra di noi.

"Proprio per niente, cazzo." Un tizio grande e grosso piomba tra di noi arrivando dalle scale. Il suo odore mi assale un secondo prima che lui appaia, ogni tratto del suo volto teso e livido.

"Trey," sussulto, mentre si infila tra me e il vampiro in maniche di camicia. Sono alti entrambi, ma Trey è più grosso, più robusto e più infuriato di un lupo a cui è sfuggita la preda.

L'odore di Trey invade i miei sensi e mi si schiariscono le idee.

"Cosa cazzo pensi di fare, vampiro?" ringhia Trey.

"Conduco un'educata conversazione con una signorina. E tu che vuoi, cane?"

"Non andrà da nessuna parte con te. È mia."

Mi tocco il collo nel punto in cui mi ha marchiata, e il calore mi pervade. Una sensazione di cosa giusta. Le idee mi si schiariscono ancora di più.

I due si guardano in cagnesco. Dietro di loro, Frangelico non si è mosso. Sembra quasi divertito.

E Nerone compiaciuto. "Il mio invito non era per te, ma per la signorina."

"Ecco fatto," ringhia Trey. "Ci perdi tu. Ti sfido a duello."

"Trey, cosa stai facendo?" sussurro. Alla vista di Trey, grande, coraggioso e presente, tutta la mia rabbia di prima scompare. Le emozioni folli sono folli.

"Sfidi un vampiro?" La risata di Nerone potrebbe far diventare rancido il latte. "Molto divertente."

"Tra un'ora," dice Trey a denti stretti. "Al torrente."

"Cosa?" Sussulto. "No. È stupido…"

"Fatta," ribatte Nerone. Scompare e ricompare dietro alla poltrona del suo re.

"Non permetto ai miei figli di combattere," dice Frangelico. Il suo volto è più pallido del solito. Forse neanche lui è contento delle buffonate di Nerone. "Ma può scegliere e ingaggiare un sostituto."

"Non combatterò contro una delle tue povere vittime," ribatte Trey secco.

"Oh, non ti preoccupare, lupo," dice Nerone ridendo. "Il mio vice sarà un mutante. Un lottatore tuo pari. Se non migliore."

Trey

SO CHE È STUPIDO, ma sfidare quel vampiro e farlo arretrare e andare a nascondersi dietro al suo re… mi ha fatto sentire bene. Quello stronzo ha voglia di morire. Fin da quando si è avvicinato a Sheridan al club, muoio dalla voglia di piantargli un paletto nel cuore.

Cielo, era quasi caduta sotto al suo incantesimo. Dovevo fare qualcosa prima che Nerone piantasse le sue zanne nel posto sbagliato. Io e Sheridan avremo anche delle difficoltà, ma lei mi appartiene.

"Nessuno ti ha invitato qui," sibila Nerone.

Incrocio le braccia sul petto. "Io sto con Sheridan. Dove va lei, vado anche io. È sotto la mia protezione."

"Quasi ci cascavo, cane."

Gli ringhio, e Sheridan mi afferra il braccio. "Trey, no. Non ne vale la pena."

Mi libero dalla sua presa, pronto a saltare addosso a Nerone. Il succhiasangue non sarà tanto baldanzoso quando si troverà i miei denti piantati nella gola. Certo, può apparire e scomparire a piacimento, ma alla fine quel trucchetto lo stancherà, e quando accadrà, io sarò pronto.

"Trey, per favore." Sheridan mi tocca la schiena. La sua voce è un po' spezzata. "Portami fuori di qui. Voglio andarmene."

Cazzo, non posso rifiutarglielo. "Non è finita qui." Punto un dito contro Nerone, che si limita a ridere. Frangelico ruota il suo volto impassibilissimo verso il suo tenente e dice qualcosa con il solo movimento labiale, prima di scomparire.

"Cazzo, da brivido," dico al punto vuoto dove un secondo fa c'era il re. "Andiamo, Sheridan." Le metto un braccio attorno alle spalle e lei si rilassa, sollevata. Saliamo le scale, usciamo dal locale e andiamo alla macchina. Lei si gira e si appoggia alla portiera.

"Tutto bene?" le chiedo, posandole le mani sui fianchi.

"Sì. Tu?"

"Sì."

"Grazie al cielo." Mi tocca la guancia, come a controllare eventuali danni, poi mi dà uno schiaffo.

"Che cazzo è?" Caccio indietro la risata, perché capisco che è davvero arrabbiata. E poi è così bello quando si preoccupa per me.

"Cosa pensavi di fare? Mi lasci tutto il giorno senza rispondere alle mie chiamate? Poi fai irruzione durante il mio incontro e sfidi un vampiro? Sei scemo?"

Stringo i denti, perché volevo rispondere a tutti quei messaggi e chiamate, soprattutto a quello dove mi chiedeva se avrei passato la notte da lei. Ma non potevo. Non sono la persona giusta per Sheridan. Se me ne starò alla larga, se ne renderà conto anche lei. "Ti sto proteggendo."

"So proteggermi da sola." Batte un piede a terra. "È per questo che il mio branco mi ha mandata qui, ricordi?"

Il mio divertimento svanisce, sostituito dalla stessa nauseante sensazione che ho da quando stamattina è arrivata la chiamata riguardo al cadavere. "Oh, non ho dimenticato da che parte stai."

"Oh, bella battuta. Qui non si tratta di politiche di branco. Io sono dalla tua parte, Trey. Sto tentando di evitare che finiamo tutti ammazzati dai succhiasangue. Ovviamente è un po' difficile, visto che ti sei appena offerto volontario per un duello."

"Ti ha messo le mani addosso. Non potevo permetterlo." Caccio indietro le parole *Tu appartieni a me*.

Socchiude gli occhi, come se mi avesse sentito.

"Avevo tutto sotto controllo. Lucius non permetterà che mi faccia del male."

Digrigno i denti nel sentirla chiamare il succhiasangue per nome. "Hai troppa fiducia in quel vampiro."

"Io e lui eravamo le uniche persone sane di mente là dentro." Scuote la testa, gli occhi luccicanti. Dannazione, è sexy quando si arrabbia. "E comunque come facevi a sapere che ero qui?"

"Ho rintracciato il segnale del tuo telefono."

Resta a bocca aperta.

Scrollo le spalle. "Si imparano un paio di cosette anche fuori dal college."

"Non metto in dubbio la tua intelligenza," protesta. "Almeno non l'ho mai fatto, finché non sei piombato al Toxic per sfidare a duello un succhiasangue. Cosa pensavi di fare?"

Il mio lupo è ancora agitato e possessivo, quindi non posso fare a meno di sbottare: "Stai dicendo che non sono in grado di combattere?"

Espira. "No, Trey. Non si tratta di ego maschile, qui. Nerone è pericoloso."

Scrollo le spalle. Se Nerone si farà vedere, avrò aglio e paletto pronti.

"Non ci posso credere." Sheridan alza le mani in aria. "Potrebbe ucciderti!"

"Pensavo avessi detto che Lucius non lo permetterebbe."

Sheridan ringhia.

"Tesoro, ho tutto sotto controllo." Non proprio, ma immaginare modi per fare del male al vampiro soddisferà parte della sete di sangue del mio lupo. "È bello che tu abbia a cuore la questione."

"Se lo dici tu." Sheridan incrocia le braccia sotto alle tette. Purtroppo, non fa che spingerle più su. "Il combattimento non ci sarà. Nessun mutante accetterà di combattere per un vampiro."

"Vedremo. Devo andare. Non intendo arrivare in ritardo alla sfida che io stesso ho lanciato."

"Trey, è una cosa stupida!"

"Si tratta del mio onore, ed è per te." Monto in sella alla moto e la guardo. Qualsiasi cosa veda nella mia espressione, la fa sussultare. "A me non sembra stupido."

CAPITOLO DODICI

DODICI ANNI FA

Trey

Lasciare Sheridan – ferirla – mi fa venire voglia di vomitare. Il giorno dopo mi chiudo in camera mia, a fumare erba per cercare di dimenticare.

Mia madre bussa un paio di volte, ma non le permetto di entrare.

Sa di cosa si tratta. Cosa ho fatto. Per lei.

Ma non è solo per lei. È anche per Sheridan. Continuo a ricordarmelo, ogni volta che i suoi occhi lucidi di lacrime mi appaiono davanti. Potrà anche avere inviato l'ammissione a Stanford, ma non ci voleva andare.

Devo fare questa cosa, non perché suo padre è uno stronzo, non perché la posizione di mia madre nel branco è in pericolo, ma perché è la cosa giusta per Sheridan. Supererà questo dolore e farà di sé qualcosa. Grazie a questo, sarà più forte.

Mi manda un messaggio attorno alle quattro del pomeriggio.

Sheridan: *Si tratta di Stanford?*

La mia lingua giocherella con il piercing che ho al labbro, mentre fisso lo schermo.

Cazzo, è troppo intelligente. Sa benissimo cosa sto facendo.

Cazzo, cazzo, cazzo.

Devo andare a cercare quella parte di me che è felice che lei sappia e schiacciarla sotto ai piedi. Mi fa sentire sollevato che creda ancora in me, che capisca che non le farei mai del male, a meno che non fosse necessario.

Se le permettessi di credere che sono buono, non partirebbe. Mia madre sarebbe fottuta.

Trascino il culo giù dal letto. Nella mia mente si forma una nuova strategia. Il fatto che mi faccia provare un malessere fisico, mi dice che non funzionerà.

Presente

Sheridan

Ancora una volta mi ritrovo a scendere l'erta che porta al bacino prosciugato del fiume, nel cuore della notte. L'equivalente mutante di *Pistols at dawn*. Pistole all'alba.

Appoggio male il piede e scivolo sulle rocce secche.

"Serve aiuto?" Sobbalzo sentendo una voce improvvisa al mio fianco. Nerone mi appare accanto.

"No," rispondo bruscamente. È colpa sua se sono qui, a ogni modo, a rovinarmi tutti i Doctor Martens. Vabbè, sua e di Trey.

Stupidi lupi maschi. Devono pisciare sopra a ogni cosa per dire che appartiene a loro.

"Non piscerai su di me," mormoro.

"Scusa?" Il vampiro scende leggiadro lungo il versante del torrente, gli stivali da cowboy in pelle di serpente che sembrano non toccare mai terra.

"Niente." Raggiungo il fondo del bacino e mi guardo attorno. Ci sono alcuni umani qua sotto. Un gruppetto di ragazzi che se ne stanno attorno al fuoco acceso in un bidone dell'immondizia, ridendo e passandosi una bottiglia di liquore a buon mercato. Qualche vampiro qua e là. Di fronte a loro, in silenzio, ci sono Trey e Jared. Grizz è un'enorme ombra in agguato alle loro spalle.

"A chi serve il Fight Club se abbiamo questo?" Nerone allarga le braccia ammirando la scena.

Mi fermo e arriccio il naso di fronte al paesaggio spoglio, che assomiglia a un pianeta alieno. Il Fight Club ha fascino da vendere confronto a questo posto.

"Allora, succhiasangue," esclama Trey, mentre io e Nerone avanziamo verso di lui. "Come facciamo? Sei pronto a combattere?"

Nerone scompare dal mio fianco e riappare a qualche metro di distanza, più vicino a Trey. Tengo sotto controllo la mia reazione, sforzandomi di far rallentare il battito del mio cuore. Odio quando i succhiasangue fanno così. Non tutti ne sono capaci, ma Lucius e i suoi bimbi sembrano essere piuttosto potenti.

"Non combatterò io. Hai sentito il mio padrone." È la mia immaginazione o Nerone ha fatto una smorfia quando ha detto la parola *padrone*? Che l'impero di Frangelico sia pronto a un colpo di stato?

"Cosa ci faccio qui, allora? Perdo tempo?" Trey stira le braccia con atteggiamento di scherno, imitando il gesto fatto prima dal vampiro.

Non aizzare il succhiasangue. Non è una citazione dal mio calendario della saggezza, ma dovrebbe esserlo. *Mai prendere in giro un vampiro.* Consiglio di Dracula per tenersi salva la vita.

"No. Ho qualcuno contro cui farti combattere. Quando saprai chi è, potresti non essere tanto ansioso."

"Come se potessi convincere un mutante a fare il tuo sporco lavoro. Fatti sotto!"

Nerone si schiarisce la gola.

Mi ci vuole un secondo per capire a che lottatore si sta riferendo Nerone. Subito mi si stringe il cuore.

Lentamente, Grizz aggira Trey e Jared e prende posto accanto al vampiro, portandosi davanti a loro.

"No," sussurro.

"Scusa, capo." Il grizzly si massaggia il volto ricoperto di cicatrici, con espressione torturata e in pieno conflitto.

"Grizz?"

Non riesco a vedere l'espressione di Trey, ma mi si spezza il cuore nel sentire lo sconforto nella sua voce.

"Da quanto?" ringhia Jared, facendo un passo avanti. Trey gli pianta una mano sul petto, tenendolo indietro e impedendogli di saltare addosso al grizzly. "Da quanto lavori per i vampiri?"

"Da quando vi conosco." Grizz si tortura le mani, senza guardare nessuno. Nerone gli lancia un'occhiata, sorridendo.

Trey scuote la testa e mi viene da vomitare per l'espressione di dolore che gli vedo in volto. La conosco. È la stessa che aveva la notte che l'Alfa Green li ha cacciati dal branco per averlo disonorato con la questione della maria. La notte che l'ho tradito.

"Trey." Corro al suo fianco, ma lui non mi guarda neanche.

"Finiamola," mormora Jared, e Grizz prende posto tra le rocce. Jared sciorina una serie di regole, incluse le zone non praticabili, contrassegnate da grosse pietre.

Trey china la testa e stringe i pugni. Grizz è una grossa e imponente montagna. Percepisco il suo rammarico, anche se il volto segnato dalle vecchie ferite sembra solo esausto. Che sorta di dominio hanno i vampiri su di lui, per poter tenere sotto il loro controllo il grizzly solitario?

Jared finisce di parlare e si allontana dai lottatori. Io e Nerone siamo dalle due parti opposte. Gli umani gironzolano attorno all'area predisposta per il combattimento, ridendo e fischiando finché non gli ringhio contro.

Trey e Grizz ignorano tutti tranne Jared, finché non dà lui il segnale di inizio del combattimento. Poi si concentrano l'uno sull'altro, con una tale intensità che mi aspetto di sentire crepitare energia elettrica tra loro. Trey cammina lentamente lungo il bordo di un cerchio immaginario. Uno degli umani lancia una lattina di birra, che va a colpire una roccia con un tonfo che assomiglia a uno sparo. Né Trey né Grizz battono ciglio.

Ti prego, ti prego, fa' che finisca presto. Mi sforzo di rilassare le spalle e aprire i pugni. Trey mi guarda un momento, e per un secondo penso che stia per mettere fine a questa follia e annullare il combattimento.

Poi scatta in azione e assale Grizz, che ringhia tanto forte da far tremare il terreno. Volano pugni, Trey si gira all'ultimo momento per assestare un colpo inutile sul braccio massiccio del grizzly. Io mando giù il cuore che mi è balzato in gola, ma lo sento saltare su di nuovo quando Grizz attacca Trey, balzando come un vero e proprio orso, a velocità incredibile. I pugni calano con rumori orribili. Chiudo gli occhi un momento, ma l'odore di sangue e l'eccitazione degli spettatori sono peggio che guardare il confronto. Decido allora di tapparmi le orecchie.

I lottatori si scambiano un colpo dopo l'altro. Non assomiglia per niente all'aggraziata danza a cui ho assistito quando Trey ha combattuto al club. Questa è rozza e brutale, due predatori primordiali che fanno del loro meglio per menomarsi a vicenda. I mutanti possono guarire, sì, ma quando ti rompi un osso ci può volere un po', e comunque fa male. Fa davvero male.

"Basta," grida qualcuno. Sono dall'altra parte del confine invisibile e mi trovo in mezzo ai due lottatori prima di rendermi conto che sono io. Sono stata io a gridare. Mi giro verso Trey, implorante. "Basta."

"Sheridan, levati di mezzo, piccola." Mi fa segno di spostarmi. Ha il volto ferito e gonfio. Con tutti i danni che ha subito, il suo corpo guarirà molto più lentamente.

"Non posso. Non posso più guardare. Non posso permetterti di fare questo."

"Tesoro," sussurra. "Ti prego."

Un movimento dietro di me mi fa ruotare sul posto, giusto in tempo per vedere centottanta chili di grizzly infuriato che corrono verso di me.

All'ultimo momento ruoto e schivo i suoi artigli, piantandogli la spalla negli addominali e facendolo rotolare sopra alla mia schiena. Crolla a terra. Le rocce attorno a noi fremono.

Più grossi sono, più forte cadono.

Le grida di esultanza si interrompono come se qualcuno avesse premuto un interruttore. Gli umani mi fissano come se non potessero credere a ciò che ho fatto.

"Basta così," ripeto. "È finita. Andate tutti... a casa."

Un sibilo, come una fuga di vapore, taglia l'aria. Ruoto sul posto e mi trovo davanti il vampiro. Lotto contro me stessa per non abbassare la testa o infilarmi la coda tra le gambe. Il suo volto si è in qualche modo trasformato, una caricatura mostruosa di qualcosa che un tempo era umano. È questo il vero aspetto dei vampiri? "Non è finita, lupo," dice Nerone, e scompare.

Grizz si alza lentamente in piedi.

"Stai bene?" gli chiedo, ma mi ignora. Dietro alla testa ha un brutto squarcio causato da una roccia, ma si sta rimarginando. Ignora anche quello.

"Non era niente di personale," dice a Trey e Jared.

Trey si acciglia e prende il braccio di Jared. Insieme

si girano e ripercorrono la strada da dove sono venuti. I ragazzi attorno al bidone dell'immondizia con il falò sono già spariti.

"Trey, aspetta," grido. Si ferma. Jared si volta a guardarmi, scuotendo la testa sia a Grizz sia a me. Non dice nulla, ma so cosa stanno pensando lui e Trey.

Traditi da uno di loro. Ancora una volta.

Allungo una mano per toccare le ferite sul volto di Trey, ma lui si tira indietro di scatto. "Trey, mi spiace."

Scuote la testa, il volto velato dalla stanchezza, tanto che lividi e tagli sembrano ancora più disastrosi. Non posso credere che abbia lottato contro un orso grizzly.

"Non dovresti immischiarti in niente di tutto questo," dice. Non sembra neanche lui. Sembra antico. Morto. Si passa una mano sopra al viso. "Stavi per farti adescare dal vampiro là dentro, e poi ti metti in mezzo a un combattimento di mutanti nel letto di un fottuto torrente. Sei nata per molto meglio che questo squallore."

Sgrano gli occhi allarmata. Cosa sta dicendo? Sembra una dannata rottura. E mi ha marchiata solo ieri notte.

Ma sono stufa che gli altri decidano per cosa sono nata. Non sono nata per governare un branco. Quel lavoro era per mio fratello. O per Garrett. Solo perché mio padre mi ha spinta a prendere il posto di mio fratello, non significa che quello sia il mio ruolo. Sì, potrei fare un ottimo lavoro, ma non significa che lo voglia.

Non sono felice da quando… cavolo, da quando Trey mi ha mollato dodici anni fa.

La prima volta che ha deciso di sapere meglio di me cosa avrei dovuto fare della mia vita.

"Sai una cosa, Robson?" dico bruscamente.

La mia irritazione richiama l'attenzione di Trey, lo sveglia dal suo stordimento. "Cosa?" Ora è sospettoso, sa che ho un chiodo fisso in testa.

"Non sei tu a decidere per me. Questa è la *mia* vita." Mi indico il petto. "Non sta a te decidere cosa sia sicuro per me o cosa sia pericoloso. Né in cosa dovrei immischiarmi o *a quale college debba andare*."

Si ritrae sentendomi citare la nostra prima rottura. La sua pelle impallidisce sotto alla luna, gli occhi si fanno tristi. "Scusami, Sheridan. So che ti ho ferita, che ci ho feriti. Ma..." Fissa la montagna 'A' – la cima dove è esposta la lettera dell'Università dell'Arizona – e scuote la testa. "Rifarei tutto. Fare qualsiasi cosa per assicurarmi che tu viva la vita che si merita una lupa con le tue potenzialità."

Lacrime di rabbia mi sprizzano dagli occhi. Gli do una spinta contro il petto, e sentendolo sussultare mi rendo conto con orrore che probabilmente ha una costola rotta. Barcollo indietro. Potremo mai stare insieme senza farci del male?

"Non mi stai a sentire, Trey. Tu *non puoi* decidere per me. E fino a che non lo capirai, non avremo nessun futuro insieme."

"Già, va bene, forse è così che deve essere." Le sue labbra insanguinate si muovono appena.

Lacrime calde mi rigano le guance. Giro i tacchi. "Sei un idiota, Trey Robson!" grido da sopra la spalla, mentre marcio verso la mia auto.

CAPITOLO TREDICI

DODICI ANNI FA

Sheridan

Sono troppo agitata per pensare. Ho un esame per cui studiare, ma passo l'intera domenica a pensare a Trey. So cosa sta facendo, e lo odio tantissimo per questo.

A parte il fatto che non potrei mai odiarlo, soprattutto perché so che lo sta facendo per amore.

Per me.

Stupidi e protettivi lupi maschi.

Anche se prendo il telefono ogni dieci minuti per chiamarlo o mandargli un messaggio, giuro di dargli un po' di tempo. Di lasciargli fare il suo giochetto per una settimana o due. Quando vedrà che ci è impossibile stare separati, quando si sentirà distrutto e solo come me, cambierà idea.

Prometterò di andare a Stanford. Magari potrei fare in modo di farlo venire con me. So che dà una mano a sua mamma, ma potrebbe mandarle dei soldi dalla California.

Dato che non riesco più a starmene rintanata in casa, mi dirigo verso l'altopiano. I miei amici sono lì, e mi hanno scritto di raggiungerli.

Salgo in macchina e parcheggio, ma nel momento in cui esco dall'auto il mio istinto attacca a gridare.

La moto di Trey è parcheggiata insieme a quelle degli altri ragazzi. La cosa non dovrebbe darmi fastidio. Per niente.

Ma lo fa. Mi guardo attorno, cercando di capire ciò che già so: perché la mia lupa sta ringhiando.

Pam, una delle mie migliori amiche, mi corre incontro, il volto corrucciato. Mi prende per un braccio. "Vieni, dobbiamo andarcene da qui." Mi tira verso la mia auto.

"Perché?"

"Te lo dico dopo. Fidati, non ti piacerebbe restare."

Mi fermo; i campanelli d'allarme suonano ancora più forte. "Devi dirmi tutto." Le mie parole sono dure e decise. La femmina alfa dentro di me viene fuori e domina l'amica più debole.

Si guarda indietro. "Tu e Trey vi siete lasciati?" Sembra spaventata, come se le potessi lacerare la gola per avermelo chiesto.

Caccio indietro le lacrime che mi salgono agli occhi nel momento in cui mi pone la domanda. "Sì, più o meno. Perché?"

Fa un cenno con la testa. "È laggiù con Kaylee Ryder."

Un ringhio mi sale dalla gola. Vado di gran carriera nella direzione che Pam ha indicato, e lei mi segue.

Proprio così. Trey è bello comodo a un tavolo da picnic – *il nostro tavolo* – con un braccio attorno ai fianchi di Kaylee, la mano appoggiata al suo sedere. Tiene una birra in mano, e la usa per fare gesti mentre racconta qualcosa di apparentemente affascinante.

Kaylee gli pende dalle labbra, ridendo.

Quella *troia.*

Non ho neanche mai pensato una parola così volgare, ma in questo momento vorrei squartare il fianco di Kaylee, affondarle i denti in una gamba e mostrarle qual è la lupa dominante qui.

Ma non è così che funzionano le cose. Sono in forma umana e l'istinto di una punizione fisica va tenuto a bada.

Oh, vaffanculo.

Proseguo e spingo contro il petto di Trey. Non so quale reazione mi aspetto, ma lui non si muove, né sembra particolarmente sorpreso o irritato di vedermi. I suoi occhi azzurri come il ghiaccio mi fissano, indecifrabili.

Tiro indietro un pugno e glielo sferro contro la mandibola. Sbuffa e si massaggia il viso, sempre senza offrirmi la minima parola, la minima reazione.

"Segaiolo," mormoro. "Te ne pentirai." Mi giro e mi allontano a grandi passi, mentre Pam gli lancia un'ultima occhiataccia prima di seguirmi.

Quando torno a casa, non posso fare altro che vomitare. E quando non ho altro da buttare fuori, mi lascio cadere sul letto e pianifico la sua distruzione.

∿

Presente

Trey

SONO COMPLETAMENTE ANNEBBIATO durante il viaggio di ritorno al mio appartamento. Non ricordo neanche di esserci arrivato. Tutto quello che so è che ho fatto ripetere da capo tutta la storia. Ho appena spezzato il cuore di Sheridan un'altra volta.

O è stata lei a spezzare il mio?

Non sono neanche sicuro di cosa sia successo laggiù.

Di come abbia fatto la giornata a deragliare così.

So solo che non potrà che peggiorare quando il mio telefono suona e vedo che è un prefisso di Phoenix a chiamarmi.

"Sì?" Tiro fuori il tono di voce più burbero che posso. È passata mezzanotte, cazzo. Chiunque stia chiamando, non sarà niente di buono.

Ho detto giusto.

Una voce di ghiaccio dice: "Trey Robson? Sono il signor Green. Il padre di Sheridan."

Faccio un respiro profondo. "Cosa vuole?" chiedo, anche se lo so. Ho avuto una conversazione del genere con questa testa di cazzo dodici anni fa.

"Ti chiamo per avvertirti. Stai alla larga da mia figlia. Le hai già quasi rovinato la vita una volta. Che sia dannato se ti permetterò di rifarlo."

"Con tutto il dovuto rispetto," dico, anche se non si

merita niente, "Sheridan è una lupa adulta. Prende le sue decisioni."

"È per questo che ti chiamo. Non vuole contattarti lei. Le ho parlato, e tornerà subito a casa."

Lascio cadere la mano, il telefono che sta ancora ronzando. Green va avanti, dicendo che farà chiudere il Fight Club, che darà la caccia ai succhiasangue e rimetterà in riga il branco di Tucson, ma dopo un minuto non sento altro che un dolore al petto e un fruscio nelle orecchie.

Ho lottato a lungo e con tanta determinazione, ma sono tornato al punto di partenza: lasciare che Sheridan Green se ne vada. Lasciare che rovini la mia vita.

Che mi strappi il cuore.

Ancora una volta.

∼

SHERIDAN

MI TRASCINO per il piccolo bungalow, il corpo che sembra pesare il doppio ed essere quattro volte più goffo del normale. È perché la mia lupa è in sciopero. Oggi non voleva proprio alzarsi dal letto.

Non ho risposto alle chiamate di nessuno: né di mio padre, né di mia madre, né di Trey. Ascolto i loro messaggi vocali, ma non cambiano niente.

Trey si è scusato, ma ancora non capisce che decido io per la mia vita. Mio padre sta ancora insistendo perché faccia i bagagli e torni a Phoenix. E ovviamente ha ingaggiato mia madre perché gli dia manforte.

Prendo un fazzoletto di carta e mi soffio il naso, controllandomi il viso nello specchio. Ho un aspetto da schifo. Gli occhi sono rossi di pianto e hanno dei cerchi scuri sotto, per la mancanza di sonno.

Ricevo un messaggio dall'Alfa Green: dice che lui e mio padre hanno in programma di partecipare alla riunione del branco di Tucson stasera, e vuole un rapporto completo prima di andarci.

Bene, bella merda. Non ho più intenzione di mettermi in mezzo ai due branchi. È stato poco saggio da parte mia accettare il lavoro, tanto per cominciare, soprattutto considerata la storia passata. Però forse è proprio per questo che l'ho accettato. Pensavo di venire qui a mostrare a Trey cosa si era perso, ma in realtà quello che volevo era proprio Trey. E avevo bisogno di un addio definitivo.

Ora ho entrambe le cose, ma abbiamo chiuso il cerchio di nuovo. Trey che mi respinge, credendo di non essere sufficiente per me. Intenzionato a danneggiarci entrambi in nome del bisogno di proteggermi.

Bene, se non posso farlo rinsavire, ci perde lui. Io non sono argilla che può modellare come gli pare e piace.

La mia lupa però ulula in protesta. Il marchio mi pulsa sul collo.

Vaffanculo. Vado all'armadio e mi vesto. Devo uscire da qui prima che la mia lupa diventi matta.

Devo tornare nel posto dove Trey mi ha portato il giorno dell'anniversario della morte di Zach.

Per guarire nel deserto.

∽

Trey

L'ARIA al Fight Club è stantia. È passato solo un giorno da quando il locale è stato chiuso.

Dannazione, questo posto è una discarica. Non c'è da meravigliarsi che Sheridan lo odi. Una parte di me è imbarazzata che lei l'abbia visto, ma è stata colpa sua. Non le ho chiesto io di venirmi ad annusare attorno, risvegliando il mio lupo e riportando tutto in vita. Per quanto ci provi, non la odio. Odio me stesso.

La ghiaia scricchiola fuori e mi irrigidisco fino a che non sento l'odore di Jared. Il mio migliore amico entra, ignorando il nastro della polizia.

"Ehi," lo saluto.

Si ferma e si infila le mani in tasca. "Per quanto pensi di trascinarti a quel modo, come un lattante che ha appena perso l'orsacchiotto preferito?"

"Che cazzo vuoi, amico?" Stringo i pugni. "Osa solo venirmi vicino e ripetermelo in faccia."

Jared scrolla le spalle. "Lo farei, ma mi sembri già abbastanza pesto. Cosa c'è che non va, amico? Perché le ferite non si rimarginano più velocemente?"

"Sai che ci vuole di più quando ci sono danni interni. Quel bastardo mi ha preso le costole." Ma non ha fatto male quanto il tradimento da parte di Grizz.

"Ah, a proposito… vuoi organizzare il branco contro di lui? Fargliela pagare?"

"No. Qualsiasi cosa gli abbiano fatto i succhiasangue per impossessarsi di lui, è peggio della punizione che potremmo mai dargli."

Jared scrolla le spalle di nuovo, come se comunque non gliene fregasse niente. "E Sheridan? Cosa pensi di fare con lei? Oltre a ciondolare in giro e piangere?"

"Vaffanculo, amico. Ricordo benissimo com'eri con Angelina."

"Già, e adesso ho una compagna meravigliosa, e scopo ogni notte. Che combini, fratello? È la seconda volta che ti trovi combattuto davanti a questa lupa." Il mio amico piega la testa di lato, improvvisamente serio. "È quella giusta, vero?"

Espiro. "Sì. Io… in realtà l'ho già marchiata. Ma…"

"Ma cosa?"

Agito una mano attorno, con fare impaziente. "Cos'ho da offrirle? Uno schifo di niente, come al solito."

Jared inarca un sopracciglio. "Non ti pare che la stai scaricando con poco? I suoi genitori saranno anche degli idioti snob, ma Sheridan non lo è mai stata. Pensi che si sarebbe messa a servire da bere qui o sarebbe entrata in territorio vampiro, se non amasse stare nei bassifondi insieme a te?"

Faccio una smorfia per le parole che usa e scrollo le spalle.

"Amico. Devi andare a prenderla."

"Non è così semplice."

"È così semplice, invece. Sei un fottuto lupo. L'hai

marchiata. Significa che è tua. Se non ti sopporta, incatenala al letto e falle avere degli orgasmi fino a che non cambierà idea."

Il rozzo consiglio di Jared mi induce a un sorriso riluttante.

Il mio cazzo è pienamente d'accordo col piano.

Pienamente.

D'accordissimo.

Legare Sheridan mi darebbe la possibilità di esplorare tutti i costumi da ragazzaccia che ha nell'armadio. Magari la lascerei andare solo dopo averle fatto promettere di sfilare per me. "Ovviamente potrebbe ammazzarmi nel momento in cui le volto le spalle."

"È a quello che servono gli orgasmi, cretino." Jared ruota gli occhi. "Falla diventare dolce, tienila dolce. Aggiungici qualche giocosa punizione. Prima che te ne possa rendere conto, ti starà implorando di darle il cazzo." Jared si mette le mani dietro alla testa con il sorriso sornione di un uomo che lo fa, e spesso anche. "Poi la addestri a fare pompini."

Sheridan, legata e implorante, che apre la sua boccuccia sexy. Ah, cazzo, ora ce l'ho duro come la roccia. "Non è per niente una cattiva idea."

"Te l'ho detto che sono un genio."

"Aspetta," sospiro. "E il branco?"

"Cosa c'entra il branco?"

"Stiamo parlando di Sheridan. Ricordano tutti quello che ci ha fatto. Garrett non l'ha perdonata, ed è suo cugino."

"Garrett si è accoppiato con un'umana. Ricordi come l'abbiamo presa all'inizio? Non le abbiamo steso davanti esattamente il tappeto di benvenuto." Scrolla le spalle. "Per come la vedo io, se vuoi questa femmina la dichiari tua. Lo dici a tutti e fai in modo di proteggerle le spalle, come lei protegge le tue. Col branco le cose si sistemeranno."

"Lo pensi davvero?"

Scrolla ancora le spalle. "Qualsiasi cosa è meglio che averti attorno in queste condizioni."

"Vai a farti fottere." Gli mostro il dito medio, ma con il sorriso.

"No, grazie fratello. Quello è lavoro per Angelina. "Jared sorride e aggiunge sbuffando. "Riunione del branco stasera al club. Garrett voleva essere sicuro che lo sapessi. Non rispondi alle sue telefonate."

"Ho il telefono spento." Lo tiro fuori e lo agito prima di accenderlo. "Avevo bisogno di un po' di spazio."

"Sì, capisco." Jared mi dà una pacca sulla schiena. "Bentornato nella terra dei vivi."

"Grazie." Gli faccio segno di uscire e allargo le spalle. Ora devo solo capire come risolvere questa merda con Sheridan.

Una volta per tutte.

CAPITOLO QUATTORDICI

DODICI ANNI FA

Trey

Avrei dovuto aspettarmelo prima, a dire il vero. Quando torno da casa di Garrett e trovo Lance Green in casa mia, mi rendo conto di essermi aspettato questo momento dalla prima volta che ho baciato sua figlia.

È seduto sul nostro misero divano, un bicchiere d'acqua neanche toccato sul tavolino davanti a lui. Mia madre si alza dalla poltrona con espressione folle e spaventata negli occhi.

Chi potrebbe biasimarla? Il signor Green è il direttore finanziario del birrificio di Wolf Ridge ed è a capo del branco, subito sotto a Emmett Green, il padre di Garrett. Mia madre è la più inferiore del branco, un'omega. Il che significa che fare contento Lance è in cima alla sua lista delle priorità, e io ho mandato tutto a puttane.

"Trey, tesoro," cinguetta mia madre, torcendosi le dita delle mani. "Il signor Green si è fermato a trovarti."

Mi sono immobilizzato nel momento in cui sono entrato, ma mi sforzo di abbassare la testa per fargli un cenno di saluto.

Viene verso di me. "Devo dirti due paroline." Prosegue ed esce dalla porta.

Lo seguo fuori, tentando di rivolgere a mia madre un sorriso rassicurante.

Lui scende i gradini e si ferma accanto alla mia moto, le braccia conserte. La sta guardando torvo, come se fosse quel mostro a uscire con sua figlia, non io. O come se fosse la moto che ha ucciso suo figlio.

"L'hanno accettata a Stanford."

"Sì, signore. Lo so."

Alza la testa di scatto; la furia lampeggia nei suoi occhi. "Non ci vuole andare." Parla a denti stretti. "A causa tua, non ci sono dubbi."

Faccio fatica a deglutire. "Mi sono assicurato che inviasse la pratica di accettazione." Non so perché l'ho detto, tanto non mi considererà mai l'eroe della situazione.

Fa un ghigno, come se non mi credesse. "Finiscila. Metti fine alla relazione con lei, immediatamente, in modo che possa andare al college e concentrarsi su ciò che conta: la sua istruzione. Non ti permetterò di mandare a puttane tutta la sua vita."

Malgrado il suo rango sia di molto superiore al mio, stringo le dita in due pugni. Non per gli insulti che mi rivolge, ma perché il mio lupo non sopporta la minaccia a ciò che vuole come suo. All'accoppiamento che non si è ancora realizzato.

In qualche modo riesco a impedire che il labbro superiore si arricci mostrando i denti. "Non posso, signor Green."

In un lampo mi blocca a terra, la mano stretta attorno alla mia gola. Sento mia madre sussultare dalla porta, ed è quel suono a ricordarmi di non ribellarmi. Ad arrendermi al suo dominio.

"Se non vuoi che cacci te e tua madre da questo branco, ragazzo, farai quello che ti dico. *Chiudi la relazione.* Hai una settimana."

Lo guardo torvo, ma alzo il mento per mostrare la gola, che mi sta ancora stringendo. È un segno di sottomissione. Un segno che sono obbligato a offrire.

Stringe più forte, impedendomi di respirare. Rifiuto di lottare o di mostrare segni di stress. Mi limito a guardarlo nei suoi occhi gialli.

Pezzo di merda.

"Non ti permetterò di rovinarla," ripete, poi improvvisamente mi lascia andare e si alza in piedi. Monta in macchina e se ne va senza neanche voltarsi indietro.

Entro in casa e abbraccio mia madre, che sta tremando e piangendo. "Va tutto bene, mamma." Parlo nei suoi capelli. "Non ti devi preoccupare. L'ho già lasciata."

Presente

SHERIDAN

La clubhouse del branco – vale a dire il locale di Garrett, l'Eclipse – è pieno zeppo di lupi in pantaloni e giacche in pelle. Mi intrufolo sul retro, ignorando le occhiatacce e affondando di più nella giacca di Trey. Credevo che i lupi di Tucson mi avessero perdonata per quello che ho fatto dodici anni fa. Mi sa che mi sbagliavo.

"Perché è qui?" borbotta uno di loro parlando con un amico. Un altro scuote la testa, guardandomi dritto negli occhi, senza preoccuparsi di celare il disgusto. "È triste vedere un lupo che si comporta come un ratto."

Wolf Ridge si è praticamente sparata ai piedi cacciando via Garrett, Trey e Jared, perché quasi ogni giovane lupo virile della nostra generazione e di quelle successive lo ha seguito a Tucson. È in parte questo il motivo del mio alto rango nel branco, pur essendo femmina. Quindici anni fa non si sarebbe mai sentita una cosa del genere. Dovrebbe essere Garrett il candidato a ereditare il timone del birrificio, e del branco.

Alzo il mento e mi spingo avanti in modo da poter vedere. Mio cugino Garrett è sul palco, le dita agganciate ai passanti della cintura. Tank, il suo vice, è un po' dietro di lui a destra, le enormi braccia incrociate sul petto. Nessuno di loro sembra felice.

"Silenzio," dice Garrett, e tutti tacciono. Non grida, ma non ce n'è bisogno. La sua voce è pregna di autorità. "Siamo qui per parlare degli eventi al Fight Club dei mutanti e del trattato proposto tra noi e i succhiasangue."

"Bruciateli tutti," grida qualcuno, e qualche altra voce si leva in un rombo di approvazione.

"Silenzio," ringhia Tank, e la calma cala di nuovo.

Garrett continua. "Il fatto è che avevamo un accordo, e pochi giorni dopo l'hanno infranto."

"Non formalmente," commenta Jared. È vicino alla piattaforma, un piede appoggiato sopra. "Non sappiamo quale succhiasangue ci sia dietro al cadavere che abbiamo trovato."

"No, è vero," ammette Garrett. "Ma sappiamo che è stato un vampiro. Che Frangelico abbia richiesto o no l'uccisione, il punto è che è accaduto dopo il trattato e nel territorio di un'attività di proprietà dei mutanti. Anche se non rivendichiamo formalmente quella parte della città come nostro territorio, Trey e Jared sono nostri fratelli. Li dobbiamo difendere."

"Grazie, capo," mormora Jared.

Garrett annuisce. "Che ci piaccia o no, dobbiamo fare qualcosa." Guarda Tank, che viene avanti e indica il pubblico con un cenno del mento. "La discussione è aperta. Date il vostro parere. Mantenete un tono civile o vi sbatto fuori."

Subito prende la parola un lupo dall'aspetto rozzo. "Per me è guerra. Li facciamo fuori." Alcuni borbottano la loro approvazione, e Jared scuote la testa.

"Guerra significa morti e danni collaterali. L'ultima cosa che vogliamo è che i vampiri si scaglino contro a degli innocenti."

"Lo stanno già facendo," sottolinea un dissenziente, e tutti si dimostrano d'accordo.

Jared alza la voce, salendo sulla piattaforma. "Qualche anno fa probabilmente ero il tipo che avrebbe lottato fino alla morte e per la gloria. Ma ora ho una compagna. Se c'è un modo per far funzionare il trattato, io dico di provarci."

"Ma i vampiri vi hanno disobbedito," dice il lupo dall'aspetto rozzo.

"Non Frangelico," esclamo, spingendomi avanti. "L'ho incontrato e non penso che ci sia lui dietro a questa storia."

"Ricordami come mai fai parte di questa riunione, traditrice," mormora qualcuno.

Mi giro, i denti scoperti, ma Garrett abbaia: "Sheridan, qua sopra. Subito."

Piegando la testa un poco, obbedisco. Mio cugino sembra incazzato.

"Hai incontrato Frangelico, giusto? Qual è stata la sua reazione?"

"Neanche lui è contento di questo cadavere." Sembrava più disturbato dal fatto che qualcuno avesse disobbedito ai suoi ordini che dalla morte in sé, ma tralascio quella parte. "Penso che uno dei suoi tenenti stia agendo senza il suo permesso. È solo una sensazione di pancia," mi affretto a spiegare. "Nerone ha, ehm, un debole per me. Si è dimostrato propenso a causare guai." Un'occhiata attorno a me mi dice che i lupi non mi credono, e perché dovrebbero? Sono un'estranea che li ha già traditi una volta. "Trey," dico, prima di potermi fermare. Garrett inarca un sopracciglio e vorrei poter riavvolgere il nastro e cancellarlo. Trey non merita di essere trascinato in questa storia.

"Cosa c'entra Trey?" insiste Garrett.

Maledizione. "Trey era con me. Lui potrà dirvi di più."

Garrett alza la voce. "Dov'è Trey?"

"Qui." Una voce rude mi fa saltare il cuore in gola. L'alta figura di Trey avanza a spallate tra la folla. Quando sale sulla piattaforma, la luce colpisce il suo volto pieno di lividi e alcuni mutanti sussultano.

"Cos'è successo?" ringhia Garrett.

"Ho avuto una piccola scaramuccia con un succhiasangue, quindi abbiamo lottato." L'espressione di Trey è ostinata.

"Deve averti fatto dei bei danni, se si vede ancora," sottolinea Tank, e Trey scrolla le spalle.

"Lascia che dica le cose come stanno," dice Garrett accigliandosi. "Hai combattuto contro un vampiro?"

"Non un vampiro. Uno dei suoi secondini. Frangelico non permette ai suoi succhiasangue di combattere. Ma quello che dice Sheridan è corretto." Il mio cuore accelera nel sentire che Trey mi appoggia, solo per rendersi conto che non mi ha guardata nemmeno una volta. "Penso che uno o più dei tenenti di Frangelico siano dei furfanti."

"Se le cose stanno così, Frangelico vorrà sapere quanto noi chi ha disobbedito al trattato," dice Tank.

"Lupi e re dei succhiasangue dalla stessa parte?" Garrett sembra dubbioso, ma scrolla le spalle.

Altri lupi iniziano a gridare le loro opinioni, bisticciando tra loro. Qualcuno spinge contro di me e io rispondo con una spinta a mia volta, facendo fatica a stare in piedi.

"Basta," ringhia Tank. Garrett alza la mano per chiedere silenzio e lo ottiene immediatamente.

"Va bene, la discussione è chiusa. Questa non è una democrazia. Siamo un branco. Io sono il capo, e se considero opportuno trattare con i vampiri, sarà quello che faremo. Manterremo la nostra posizione senza dover ricorrere a una guerra a tutti gli effetti. Continuate a cercare gli assassini, e speriamo che Frangelico faccia lo stesso."

Anche se un secondo fa stava per scoppiare una sommossa, i lupi attorno a me annuiscono. Mi rilasso.

È lì che arrivano mio padre e l'Alfa Green.

Sento il cuore precipitare nel petto.

Hanno scelto un ingresso che dà sul retro, in modo da arrivare da dietro la piattaforma. Tank si gira per primo, scendendo dal palco per lasciare spazio al padre di Garrett, l'alfa di Wolf Ridge. Padre e figlio si fissano, i volti impassibili. Si assomigliano tantissimo, con solo qualche ciuffo di grigio a caratterizzare il più anziano dei due.

Garrett parla per primo. "Papà."

"Figliolo." La voce dell'Alfa Green è solo un pelo più profonda di quella del suo primogenito. La sua postura è più diffidente, ma è lui l'intruso qui. La maggior parte dei lupi presenti appartengono a Garrett. La divisione tra i due branchi è stata per lo più pacifica, ma le cose potrebbero cambiare.

Cielo, spero di no. Una guerra tra branchi sarebbe peggio di un conflitto contro i vampiri.

"Siamo qui perché stai incorrendo in qualche problemino con gli umani."

"In realtà è un problema di vampiri." Garrett si avvicina a suo padre e pianta i piedi a terra. "Ma stiamo mettendo le cose sotto controllo."

L'Alfa Green alza un sopracciglio, proprio come fa suo figlio quando è scettico. "Ho appena trascorso le ultime ventiquattr'ore in confronti con dei contatti all'FBI e nella polizia di Stato, chiedendo dei favori. Stanno etichettando il decesso come causato da overdose di droga: sono state rinvenute tracce di una sostanza tossica nel sangue della vittima. Hanno anche accettato di mantenere il riserbo riguardo ad alcuni curiosi dettagli. Per ora."

Nella stanza sembrano tutti sospirare di sollievo. Garrett annuisce. "Apprezzo il tuo aiuto. Così come tutta la comunità di mutanti."

"Ho fatto quello che dovevo per proteggere le nostre specie," risponde l'Alfa Green. "La domanda è: tu lo stai facendo?"

Garrett si irrigidisce, ma sembra raccogliere la pazienza necessaria. "Stiamo trattando con i vampiri. Abbiamo motivo di credere che questo decesso sia stato causato da un succhiasangue malvivente. Se lo acciuffiamo, possiamo consegnarlo a Frangelico, mettere fine alle morti e mantenere la pace."

L'Alfa Green annuisce lentamente.

"Che mi dici del Fight Club?" Mio padre fa schioccare i denti, come se stesse gustando l'odore della preda. "Ci causa problemi da quando ha aperto. È chiaramente un punto debole per noi lupi. Prima le autorità vengono a indagare sui combattimenti e lo spaccio di droga, e ora questo corpo. Mi pare che non avremo molto tempo di darti supporto contro i vampiri, se siamo troppo occupati a nascondere prove agli umani. A pulire i vostri casini."

"Ebbene, figliolo?" dice l'Alfa Green a Garrett. "Cosa intendi fare con il Fight Club?"

"Posso rispondere io," esclama Trey. Tutti gli occhi si puntano su di lui, mentre sale sulla piattaforma, portandosi di fronte a mio padre, che fa una smorfia visibile di fronte ai lividi che ha su tutto il viso. "È stata per lo più una mia idea."

"Anche mia," si intromette velocemente Jared, ma Trey scuote la testa.

"L'idea di dare ai vampiri terreno libero al locale è stata mia. E sono stato sempre io ad assumere Grizz. Ha combattuto per noi, e pensavo fosse integerrimo. Ora mi rendo conto che qui siamo invischiati in qualcosa di grosso. Probabilmente un colpo di stato all'interno del covo dei vampiri. Non voglio che ciò che ho costruito io metta a rischio il mio branco. Sono disposto a staccare la spina, se è quello che il mio alfa pensa sia meglio fare." Per rendere la sua affermazione chiara, guarda Garrett, non l'Alfa Green.

Mentre Trey parla, un'espressione compiaciuta si apre sul volto di mio padre. Stringo le mani in due pugni.

"Chiudere?" chiede Garrett. "È questo che vuoi?"

Trey scrolla le spalle. Jared scuote la testa, ma mormora qualcosa tipo: "Qualsiasi cosa tu pensi sia meglio fare."

Ora mio padre sta apertamente gongolando. "Pare che la cosa migliore da fare per il branco sia chiudere il

Fight Club. Per sempre." Un mormorio si dipana tra la folla, pregno di malcontento. Il Fight Club è popolare. Ha portato in città un sacco di lupi nuovi, nuovi membri del branco. Se solo Trey prendesse la parola, scoprirebbe quanti sostenitori ha nella stanza. Invece incrocia le braccia e fissa fuori dalla finestra.

Vorrei correre da lui e costringerlo a guardare me, invece di mio padre. *Perché non prendi le tue difese?* ho voglia di gridargli.

"A quanto pare hai un chiaro piano d'azione," dice l'Alfa Green a suo figlio. Garrett socchiude gli occhi, ma non dice nulla. Da quello che so di mio cugino, sta ancora pensando, e quando deciderà le sue parole potrebbero sancire la fine del sogno di Trey. E per che cosa? Perché mio padre ha usato la sua influenza politica contro il mio ex, distorcendo i fatti per farli apparire come colpa di Trey.

Non è giusto. Ma sono abbastanza coraggiosa da pormi contro il mio branco e, cosa più importante, mio padre?

Essere profondamente amato da qualcuno ti dà la forza, mentre amare qualcuno profondamente ti dà il coraggio. Non ora, Lao Tzu.

Mi avvicino alla piattaforma. Mio padre mi lancia un'occhiata e mi fermo.

La vita si riduce o si espande in proporzione al coraggio di una persona – Anaïs Nin.

Ottimo. Ho così tanta paura che la mia vita mi sta scorrendo davanti gli occhi, e non consiste che in dozzinali citazioni di saggezza.

Trey scende dal palco e fa per allontanarsi. Ora o

mai più. Salgo sulla piattaforma proprio quando lui sta per varcare la porta d'uscita.

"Aspettate un momento," sento la mia voce dire.

∾

Trey

NON CI POSSO CREDERE. Sheridan sale sulla piattaforma rialzata, decisa e coraggiosa. La situazione si sta facendo un po' oppressiva, ma lei si mette le mani sui fianchi, in perfetta posa da Wonder Woman. "Non è giusto, e lo sapete."

Suo padre si irrigidisce, ma l'Alfa Green alza la mano. "Di' la tua."

"Frangelico ha deciso di venire qui per impossessarsi di un territorio. È vecchio, è potente, nessuno può fermarlo senza un grosso spargimento di sangue. Finora abbiamo avuto un accordo pacifico. Il Fight Club non c'entra niente con il delitto. Anzi: sono stati un bersaglio. Non dovremmo chiuderlo. Dovremmo difenderlo. Perché un posto come quello ci serve. Un posto neutrale dove sia vampiri sia mutanti possano interagire. Qualcuno ha visto questa possibilità, e ha deciso di prenderlo di mira. E se lo fate chiudere, state facendo esattamente il loro gioco."

Nella sala cala il silenzio. L'Alfa Green sembra pensieroso. Il padre di Sheridan è infuriato. Ma nessuno parlerà fino a che non lo farà un alfa.

Garrett si fa avanti e batte una mano sulla spalla di

Sheridan. "Ha ragione. Quando il Fight Club è stato aperto, ero scettico. Ma da quando lavora abbiamo avuto meno violenza nel branco, sia tra membri sia con altri animali. Ogni mutante che sia afflitto da qualcosa può andarci per sfogare i bollenti spiriti, e dato che non è esclusiva proprietà del branco, non siamo responsabili di nessun eventuale danno o morte."

Sheridan guarda suo cugino e lui alza il mento in segno di approvazione, prima di abbassare la mano.

"Ma non è sicuro," dice il padre di Sheridan. "Potrebbe entrarci qualsiasi umano. Le autorità lo stanno tenendo d'occhio."

"Allora lo spostiamo. O restiamo nell'ombra per qualche mese. Solo combattimenti umani. Il concetto rimane. Ed è un concetto buono." Garrett incrocia le braccia sul petto, guardando suo padre. "Neanche a me piacciono i vampiri là dentro. Ma Frangelico non andrà da nessuna parte. E non è neanche arrivato dando inizio a una guerra di punto in bianco. Sembra disposto a trovare un accordo."

"Sheridan, mi sorprendi proprio," dice suo padre. Lei si irrigidisce, ma non arretra. "Mi aspettavo che avessi pensieri più ragionevoli."

"Ehi," interviene Garrett. "L'hai mandata qui per controllare la situazione. O ti fidi di lei o no."

Il padre di Garrett inarca le sopracciglia e i due si fissano per un momento. L'Alfa Green distoglie per primo lo sguardo, senza abbassare gli occhi. Sembra quasi orgoglioso. "Sta a te, figliolo. È il tuo territorio. Phoenix ti darà supporto."

"Il Fight Club resta aperto," ordina Garrett. Un

grido di vittoria si leva dalla folla. Qualcuno mi dà una pacca sulla schiena.

"Non abbiamo ancora finito," ringhia Tank. "Dobbiamo risolvere il delitto. Sistemare le cose con i vampiri. Il tempo sta per scadere."

Lui e Garrett iniziano a dare ordini. Sheridan scende dal palco e si mescola con la folla. Probabilmente si nasconde da suo padre. Non la biasimo. Ha avuto bisogno di fegato per opporsi a lui.

Se ne andrà, e sarà per il meglio. Merita una buona vita, una vita che io non posso darle.

Con questo pensiero in testa, vado verso l'uscita. È ora di montare in sella alla mia moto e andare a schiarirmi le idee. Se quando tornerò Sheridan sarà partita, saprò qual è il mio posto. Almeno avrò il Fight Club su cui concentrarmi. E l'immagine del volto del signor Green nel momento in cui la sua preziosa piccolina l'ha messo in riga.

"Robson," ringhia qualcuno dietro di me, e ruoto sul posto.

Lance Green si avvicina furtivo, gli occhi luccicanti da mutante. "Stai alla larga da mia figlia."

Lo fisso. Perché mi sono sempre sentito intimidito da quest'uomo? Posso sempre chiedere a mia madre di fare i bagagli e trasferirsi. In ogni caso, probabilmente starà meglio a Tucson, lontano da questi lupi spocchiosi.

Il signor Green ringhia. "Se cerchi di tenerla qui, metterò fine a te e al tuo patetico localino. Siamo intesi?"

"No."

Una vena praticamente si gonfia di colpo sulla sua fronte. "Cosa?"

"Ho detto *no*. Senti, vecchio, Sheridan è adulta. Decide lei per sé. L'ha chiarito piuttosto bene qui, ma se non intendi accettarlo la questione è fra voi due. So che vuoi proteggerla, ma se pensi che minacciandomi la farai franca anche questa volta, sarà meglio che ci ripensi."

"Non puoi parlarmi a questo modo, rognoso…"

"Chiudi il becco." Pianto un dito nella spalla del minaccioso lupo. Sarà anche più anziano, ma io sono più grosso, e più forte, e più alto. "Sheridan prende le sue decisioni. So che ha una buona vita a Phoenix, e non la spingerò a rinunciare a tutto per me. Ma ho smesso di prostrarmi a te. Mi sono arreso una volta. Non intendo rifarlo." Giro i tacchi e vado a grandi passi verso la mia moto.

"Come osi parlarmi…"

Gli lancio un ringhio e lui resta immobile a pochi passi da me. "È finita. Se vuoi risolverla con un duello, mettiti in lista al club. Di solito combatto di venerdì." Avvio la moto e il rombo del motore squarcia l'aria tra noi. "Ah… un'altra cosa. Se sento che minacci ancora una volta mia madre o che pensi di levarle il lavoro al birrificio, ti sfiderò per il predominio." Alle mie parole sbianca. Un combattimento per il predominio disturberebbe l'equilibrio del branco di Phoenix, ma non me ne frega niente. Era ora che qualcuno lo tirasse giù dal suo piedistallo e mettesse in mostra i suoi oscuri traffici. "Non mi interessa quanti ne dovrò combattere per farlo. Sono giovane e forte, e potrei benissimo vincere." Detto questo, do gas al motore e corro via, senza curarmi di guardare indietro.

∼

Sheridan

Garrett sta per concludere il suo discorso da alfa, quando vedo mio padre uscire per seguire Trey. Non può significare niente di buono. Mi faccio strada verso l'uscita, affrettandomi a raggiungere il parcheggio in tempo per sentire Trey che grida il mio nome.

"Sheridan prende le sue decisioni. So che ha una buona vita a Phoenix, e non la spingerò a rinunciare a tutto per me." Pianta un dito di nuovo nel petto di mio padre. "Ma ho smesso di prostrarmi a te. Mi sono arreso una volta. Non intendo rifarlo."

Che diavolo significa? Cosa intende dire Trey? Mi mordo la lingua, appoggiandomi al muro.

Mio padre si sente insultato, sbuffa qualcosa mentre Trey si allontana, ma lui non vuole sentire ragioni.

"È finita. Se vuoi risolverla con un duello, mettiti in lista al club. Di solito combatto di venerdì." La moto di Trey si accende. Salto fuori dall'ombra, pronta a lanciarmi in mezzo e andare a fondo della faccenda, quando le parole gridate da Trey mi paralizzano. "Ah… un'altra cosa. Se sento che minacci ancora una volta mia madre o che pensi di levarle il lavoro al birrificio…" Il resto del discorso è soffocato dal ronzio che mi riempie le orecchie.

Mio padre ha minacciato sua madre. Ecco perché Trey ha tradito. Ecco perché ha distrutto tutto tra noi. Ecco perché se ne sta andando ancora una volta.

"Fermo!" grido, ma è troppo tardi. Trey è partito, la sua moto romba lungo la strada. Non guarda indietro. Se fossi in lui, non lo farei neanche io. Cosa gli abbiamo dato noi Green, se non un costante crepacuore? "No." Calcio un sasso contro il muro. Non è per niente soddisfacente. "Cazzo," dico con rabbia. Molto meglio così.

"Sheridan." Mio padre si volta, il tono severo e allo stesso tempo calmante, pronto a impartire un'altra delle sue lezioni. Glielo vedo in faccia.

Non sono dell'umore. "Che *cazzo di cazzo* vuoi?" gli grido.

Si ritrae di scatto. "Attenta a come parli, signorinella…"

"Hai minacciato sua madre?" Un rumore di passi alle mie spalle mi dice che non siamo più soli.

"Cugi?" La voce di Garrett è appena udibile. Avanzo a grandi passi, i pugni stretti. Non intendo prendere a botte mio padre, ma adesso gliene dirò quattro.

"Sheridan…" inizia a dire.

"Non ti credo. Ho preso buoni voti e ho seguito tutte le regole, e tu cosa fai? Minacci il mio fidanzato del liceo? E non solo: anche la sua famiglia? Ma che cazzo di problema hai?"

Mio padre fa un passo avanti e lo spingo indietro. "Lascia in pace Trey. E sua madre! Non abusi del tuo potere nel branco per dirmi con chi uscire! Tu non mi vieni proprio a dire con chi uscire. O con chi mi *accoppio*, se proprio vuoi saperlo." Abbasso il colletto della maglietta per mostrare il marchio di Trey.

"Sheridan," dice qualcun altro. L'Alfa Green. Dovrei sottomettermi e ascoltarlo, ma ho smesso di recitare. La vera Sheridan è arrivata a casa e non si nasconde più. Sono alfa tanto quanto tutti loro insieme, se voglio.

"Ho chiuso. Mi ritiro qui e ora dal branco di Wolf Ridge." Appena finisco di dirlo, sento qualcosa spezzarsi dentro di me, come se i legami del branco fossero stati colpiti da un martello e mandati in frantumi.

"Sheridan," dice mio padre, allarmato. "Non puoi…"

"Non puoi fermarmi," ringhio, e avanzo verso la mia Mercedes. Non proprio l'uscita che desideravo, andarmene con un'auto che mi ha dato mio padre, ma pazienza. L'assicurazione e il carburante li pago io. È mia.

"Dove andrai?" chiede l'Alfa Green. So che ha sentito il rinculo causato dal colpo ai miei legami col branco.

"Ovunque basta che non sia Wolf Ridge. A parte questo, non ne ho idea." A dire il vero lo so bene, invece. Andrò a fare i bagagli, chiamerò Trey e lo implorerò di prendermi con sé. Bazzicherò attorno al Fight Club. Dormirò sul pianerottolo, se necessario. Beh, sul pianerottolo c'è appena stato un cadavere, quindi magari proprio lì no.

Inserisco la marcia e parto a tutto gas, senza guardarmi indietro. Garrett e il suo branco probabilmente non mi vogliono, ma non importa.

Solo Trey importa. Appartengo a lui. Trey è il mio branco, e la mia casa.

〜

Trey

CORRO A TUTTO MOTORE lungo la strada principale, diretto fuori città. A fanculo Tucson, comunque.

Qualcosa mi dice di accostare, quindi lo faccio. Non ci sono pericoli in giro, quindi non capisco cosa mi stia dicendo il mio lupo, ma tiro fuori il telefono e scorro i vecchi messaggi. Ce ne sono parecchi da parte di Sheridan, la maggior parte dei quali per chiedermi di chiamarla. Li ascolto tutti, cercando di decifrare il significato dietro alle sue parole. Ha un tono preciso e professionale, non disperato o piagnucoloso. Ma Sheridan è così. Non perderà mai il controllo per un uomo. Forse quello che abbiamo avuto è stato davvero solo un modo per lei di rivivere la sua giovinezza, di spassarsela un po'.

È venuta fin qui per fare un lavoro, e il lavoro ora è finito. Non le resta niente qui, eccetto me. Ma io non conto. Non posso darle la vita che si merita.

"Cazzo," mormoro. Sono tentato di gettare via il telefono, ma un certo istinto mi placa la mente. Il mio lupo spera che ci chiamerà o qualcosa del genere.

Mi accascio sulla mia moto. Darei qualsiasi cosa perché mi chiamasse. Posso impedirmi di farla mia, se le resto abbastanza lontano da permetterle di andarsene, ma se mi chiama e mi sceglie, sono suo.

Lo sono sempre stato.

~

SHERIDAN

LA PRIMA COSA che faccio quando arrivo a casa è buttare nell'immondizia il dannato calendario delle citazioni. La saggezza è carina e tutto, ma è ora che segua il mio istinto.

La mia chiamata successiva è a Garrett. Risponde al primo squillo. "Cugi?"

"Faccio richiesta di asilo al tuo branco."

"Me l'aspettavo." Sospira. Le voci e la confusione di sfondo si attenuano. Una porta si chiude e la sua voce si fa più chiara. "Per quanto tempo?"

"Non lo so. Dammi solo… un paio di giorni per sistemare le cose. Il tuo branco probabilmente non sarà contento se resto. Non dopo che li ho fatti cacciare tutti quanti da Phoenix." Faccio un respiro profondo. "Garrett, mi spiace per tutto… per aver tradito te e gli altri. Ero solo spaventata che qualcuno finisse in guai seri, si facesse male con quelle stupide droghe, ma…" Faccio una pausa, sapendo che non è la prima volta che mi scuso, ma che sarebbe la prima in cui gli dico tutta la verità. "Quando Trey mi ha lasciata pensavo di morire, ma quando si è messo con Kaylee… qualcosa dentro di me si è spezzato… *io mi sono spezzata*. Mi sono incavolata a morte. So che non è una scusa per ciò che ho fatto, ma…"

"Forse no," dice Garrett lentamente. "E non mentirò dicendo che non siamo rimasti realmente feriti... lo eravamo. Ma magari non dipendeva solo da te. Magari le cose sono andate così perché era destino. Se non ci avessi traditi, non saremmo stati cacciati dal branco. Se non fossimo stati esiliati, non saremmo venuti a Tucson a formare un nuovo branco. Il nostro. La maggior parte dei nostri membri hanno una buona vita qui. Qualcuno potrebbe addirittura dire migliore dei brandelli che avrebbero dovuto contendersi a Phoenix. Ma questo non significa che ti perdoneranno facilmente come sto facendo io. Se cercherai di unirti al mio branco, non ti renderanno la cosa facile."

"Lo so. Me lo merito."

"Ti dico una cosa, bimba. Ti concedo asilo per il tempo che ti serve. Fintanto che sarai nel nostro territorio, nessuno ti darà filo da torcere. Ma per entrare nel nostro branco, hai bisogno di uno sponsor."

"Uno sponsor?"

"Sì. E c'è solo uno di cui mi fido perché ti tenga d'occhio."

Trey. Il mio cuore fa una capriola, ma poi affonda. "Non mi parla."

"Stasera ti sei schierata contro tuo padre e contro il mio. Per non parlare degli incontri che hai gestito con i vampiri. Se Trey ti vuole, potresti tornarmi utile."

"Grazie, cugi." Terminiamo la chiamata e lascio cadere il telefono. Ora devo solo trovare Trey e umiliarmi. E per questo ho bisogno dei vestiti giusti...

Si sente grattare alla finestra, una figura si muove

nell'ombra. Scosto la tenda e guardo lo spaventoso vampiro dietro al vetro.

"Nerone." Lo sapevo. Già, ecco la sua auto nera parcheggiata lungo la strada.

"Ciao, lupacchiotta." Fa scorrere le unghie sulla finestra e stringo i denti per l'orribile suono che produce. Chiudo la tenda e apro il cassetto della scrivania, tirandone fuori una sorpresina che ho preparato.

Quando apro la porta, Nerone sta aspettando.

Tira indietro la setosa tenda bionda dei suoi capelli, leccandosi le labbra. Le sue zanne luccicano mentre accarezza l'aria tra lui e me, come se ci fosse un muro solido e impedirgli di attraversare la soglia. "Lupacchiotta, lupacchiotta, lasciami entrare."

"Non se ne parla," dico, ma mi viene un'idea. "Ma se mi dici chi ha lasciato quel cadavere fuori dal Fight Club, allora ci sto."

Nerone inarca un sopracciglio. "Perché desideri saperlo?"

"Sono colpita," mento. "Lucius è così vecchio da avere praticamente tutto il potere. Chiunque osi disobbedirgli deve essere davvero forte."

"Oh, lo sono, bella lupa. Ora ti faccio vedere io quanto sono forte."

Piego la testa di lato. "Quindi sei stato tu?"

"Sì," sibila.

"Perché?"

"Frangelico è vecchio, ma ha dimenticato il suo scopo. I vampiri sono fatti per governare. Io e i miei confratelli seguiamo le vecchie maniere."

"Confratelli?" Bingo, ce n'è più di uno a scavalcare

le regole di Lucius. Non hanno ancora fatto molto, ma probabilmente sono solo all'inizio.

"Presto lo saprete. Il mondo lo saprà." Nerone si lecca le labbra. Ho davvero pensato che fosse sexy? "Ora vieni fuori, lupacchiotta."

"Ok. Ma prima…" Tiro indietro la manica della mia vestaglia e alzo la Glock che ho comprato dopo aver fatto fuori l'arrogante che ci aveva provato con me all'università, "… saluta la mia amichetta," dico, e punto all'inguine del vampiro.

Trey

La chiamata arriva proprio mentre mi sto preparando a tornare. Il numero di Sheridan appare sullo schermo, come se l'avessi chiamato io. Nella fretta di rispondere, il telefono quasi mi cade di mano.

"Trey?" La voce di Sheridan trema – appena un po' – e sono subito ritto in piedi, i muscoli tesi e pronti a combattere.

"Cosa c'è che non va, tesoro?" Se suo padre le ha gridato addosso, che il cielo mi aiuti…

"Ho… un problemino vampiresco."

Tiro su il cavalletto della moto prima che lei abbia spiegato metà della faccenda. "Dove sei?"

"Al bungalow."

"Resta lì. Stai ferma."

"È più o meno tutto sotto controllo, è solo che…"

"Fai come ti ho detto," le ordino, e parto.

Batto tutti i record di velocità per andare da Sheridan. La mia motocicletta sfreccia attraverso il vecchio quartiere, fermandosi dietro a una vecchia berlina che puzza di vampiro.

Sheridan è seduta sul pianerottolo, in vestaglia, gli occhi vuoti.

Mi inginocchio. "Stai bene?"

"Sì." Fa un sorriso forzato.

"Cos'è successo?"

"Ho avuto visite." Indica l'auto scura parcheggiata a bordo strada davanti a casa sua. "Gli ho sparato." Spostando un lato della vestaglia, mostra una pistola con la canna lunga.

"Wow." Tendo una mano. Voglio sapere cosa diavolo è successo, ma Sheridan si sta comportando in modo strano, quindi è meglio che rallenti. Prendo la pistola e la esamino. Ha uno strano odore.

"E nessuno ha chiamato la polizia?" Mi guardo attorno, ma tutte le case sono buie e silenziose. Nessuno sta sbirciando attraverso i balconi per guardare la vicina in vestaglia, il che è un bene perché vedrebbero anche un grosso e spaventoso motociclista con un'arma in mano.

"Avevo un silenziatore."

"Non ci posso credere."

Scrolla le spalle. "Parla piano e portati dietro una pistola grossa."

"Va bene. Dov'è il corpo?"

"Al sicuro. È Nerone."

"Hai sparato a un vampiro?" Adesso che ci penso, la pistola puzza di aglio.

"E gli ho piantato un paletto a metà. Non lo ammazzerà per sempre, ma ci darà del tempo."

"Per che cosa?"

Si alza e si scioglie la coda di cavallo. "Ho bisogno di vestirmi, e poi ho bisogno di un accompagnatore."

"Un accompagnatore?" Sta andando tutto troppo veloce.

"Già." Si ferma sulla soglia. "Ha confessato di avere ucciso la vittima al Fight Club, quindi dobbiamo consegnarlo a Frangelico."

Prima che possa scomparire in casa, le prendo una mano. Non c'è tempo, ma devo dire una cosa. "Aspetta. Sheridan. Stai bene sul serio?"

"Ero un po' sconvolta. Ma ora sto bene. Sei qui tu." Mi dà un bacio a fior di labbra. Di nuovo fa per incamminarsi, e la trattengo.

"Non c'è tempo di parlarne adesso," le dico. "Ma quando ti sei trovata in pericolo, hai chiamato me."

"Sì."

"Hai scelto me."

La sua espressione si ammorbidisce. "Sì."

La bacio e la lascio andare. "Vai a cambiarti. Veloce. Parliamo dopo."

Sorride e scompare, la mia piccola cacciatrice di vampiri.

CAPITOLO QUINDICI

PRESENTE

Trey

PARCHEGGIAMO FUORI dal Toxic un'ora prima dell'alba. Frangelico si avvicina: indossa smoking e guanti da opera. Ruoterei gli occhi al cielo, ma Sheridan è vestita in modo perfettamente abbinato, con un abito rosso che è tutto vaporoso e si allarga di mezzo metro, frusciando mentre lei cammina. Le tirerò via più tardi tutti quei fru fru, per vedere se il corpetto sopravvive anche senza. Ha delle tette meravigliose.

Mi schiarisco la gola mentre il re si avvicina, affiancato da due tipi nerboruti. Deglutisco, chiedendomi se Grizz lavori qui ora che il suo affiliamento a loro è venuto allo scoperto. Non ammetterò mai quanto mi ha ferito scoprire che era un traditore. Mi si stringe il petto al solo pensiero. Almeno adesso non c'è.

Frangelico schiocca le dita e le sue guardie si fermano di colpo, lasciando che lui ci si avvicini da solo.

"Nessun tenente questa volta?" chiedo con tono disinvolto.

Frangelico mostra le zanne, sorridendo o forse minacciandomi. Probabilmente entrambe le cose. "Scoprirai, lupo, che sono capace di difendermi."

"Non stanotte," dichiara Sheridan. "Non vogliamo un combattimento."

"Molto bene." Lucius le fa un inchino. Lei risponde nella stessa maniera, e alzo gli occhi al cielo. Stupidi succhiasangue, sempre a seguire queste stronzate d'altri tempi. Ma vedo che il re vampiro è molto compiaciuto, e mi avvicino a Sheridan.

Lucius fa gran scena di guardare l'orizzonte. "Allora forse sarà meglio occuparci dei nostri affari. È quasi l'alba."

"Già," mormoro sottovoce. "Non vorrei che finissi fritto."

Sheridan mi dà una gomitata al fianco e va verso la sua Mercedes.

"Abbiamo una cosa che ti appartiene." Indica il bagagliaio e aspetta che il re vampiro le dia il permesso. Lentamente, lo apre e fa un passo indietro. Lucius fa due passi avanti, piegando la testa di lato. Quando vede cosa c'è all'interno, il suo volto diventa bianchissimo.

"Ah. Sì, è mio. Dimmi, lupa: come ha fatto il mio bimbo a finire nel tuo bagagliaio con un paletto di legno piantato nel petto?"

"Mi stava importunando," gli dice Sheridan. "È venuto a casa mia e ha tentato di entrare. Ha confessato di aver lasciato lui il cadavere davanti al Fight Club. Qualcosa riguardo a 'mantenere i vecchi metodi' e mostrare al mondo di che pasta sono fatti i veri vampiri. Lui e i suoi 'confratelli'." Alza gli indici e disegna delle virgolette in aria alla parola 'confratelli'. Il volto di Lucius diventa spaventoso man mano che Sheridan continua. "Comunque, gli ho sparato e gli ho piantato il paletto, ma solo a metà. Ho pensato che volessi occupartene tu."

Trattengo il fiato mentre Frangelico scruta la mia ragazza e il suo tenente caduto. Ora vedremo se ribadirà le sue regole.

Il sorriso che gli appare in volto mi fa rabbrividire. "Beh, grazie, mia cara. È molto bello trovare un lupo rispettoso del trattato." Fa cenno alle sue guardie del corpo, che avanzano, tirando fuori dal baule dell'auto il vampiro privo di conoscenza e trascinandolo dentro all'edificio. Non usano la minima delicatezza.

"Povero Nerone. Così appassionato e promettente. Dovrò punirlo. E andare a fondo di questa piccola sommossa." Lucius si passa la lingua sulle zanne. Non sembra per niente turbato.

"Farò sapere al mio alfa che il patto è ancora valido," dico, tirando il braccio di Sheridan. È ora di andare, prima che il vampiro decida che in fin dei conti è arrabbiato e non si accontenti di punire Nerone.

Prima che lei possa girarsi e seguirmi, Lucius dice: "Ho sempre adorato le lupe."

Mi giro, pronto a insultarlo, ma Sheridan mi ferma con una mano sul petto. "Me ne occupo io," mi dice con dolcezza.

Sorride al vampiro, mostrandogli le zanne. "Attento. Apprezziamo la tua volontà di cooperare con noi ma rimaniamo dei grandi non amanti dei vampiri, e non ci interessa fare le vittime. Non vorrei che finissi con la testa tagliata per aver guardato una lupa nel modo sbagliato."

Mi irrigidisco, pronto a combattere. Sheridan ha appena insultato un re vampiro con una minaccia non particolarmente sottile.

Lucius Frangelico spinge indietro la testa e ride. Guardiamo la pallida colonna del suo collo, impietriti dall'orrore. La risata di un vampiro è la cosa più spaventosa che abbia mai sentito, cazzo.

"Adorabile," dice il succhiasangue, scuotendo la testa animatamente. "Davvero adorabile. Ora vai, prima che decida di tenerti."

~

Trey

INVECE DI ANDARE A CASA, mi dirigo verso Gates Pass e faccio un giro panoramico. Si fa giorno, e per un po' non parliamo, ma ci limitiamo a guardare la luce e il colore che si espandono sopra alla vallata. Sheridan fa scivolare la mano nella mia. Cazzo, poteva andare molto peggio di così. Ma per ora ho la mia signora a portata di mano e un'altra bellissima giornata all'orizzonte.

Con una mano mi accarezza i capelli. Gliela afferro e le mordicchio le dita, fino a farla ridere.

"Ce l'abbiamo fatta," sospira, il suo sfacciato vestito che le fruscia attorno.

"Tu ce l'hai fatta." Le bacio le dita. "*Cooperare*? Fammi indovinare: calendario delle parole del giorno?" Il suo sorriso non solo è una risposta soddisfacente, ma mi fa anche scattare il cazzo sull'attenti.

Sì, vorrei farla stendere sul cofano della macchina e scoparla, vestito e tutto, ma ne abbiamo passate un sacco tutti e due. Prima voglio ammirare il sorgere del sole con la mia piccola, farla diventare tenera e dolce. Poi potrò legarla al letto e darle un sacco di orgasmi, finché non accetterà di non lasciarmi mai.

"Il club apre fra poco," commento. "La polizia non ha motivo di tenerlo chiuso adesso."

"Bene. Perché ho grossi piani per il tuo locale."

La mia testa è così impegnata a pensare a fruste e catene e a quale tipo di fune sia più adatto ai suoi morbidi polsi che devo ripetermi le sue parole nella mente per poterne capire bene il significato. Poi le riascolto di nuovo. "Come scusa?"

Arriccia il naso. "Mi hai sentito. Il concetto è buono, ma hai tanta strada da fare in termini di esecuzione. Il Fight Club potrebbe essere fantastico e legale, se solo implementassimo qualche misura a sua tutela."

Mi appoggio allo schienale, stupefatto. "Quindi intendi restare?"

Mi guarda sbattendo le palpebre un paio di volte. "Beh, Garrett dice che posso restare solo se tu mi farai da sponsor." Sbatte le ciglia. "Quindi? Che dici?"

Faccio un sorriso così grande che mi fa quasi male il volto. "Sei sicura?"

Scrolla le spalle. "Non sono mai stata parte del branco di Wolf Ridge. Ho solo finto benissimo." Si arrampica su di me, sedendomisi in grembo, vestitone e tutto. Le stringo le braccia attorno, come se fosse fatta per stare qui. "Con te, non devo fingere nulla."

"Hai dannatamente ragione."

Ride. "Ti va bene se sto qui?"

"Certo che sì." Stringo le braccia attorno a lei. "Ora non dovrò portare avanti il resto del mio piano per convincerti a restare."

"Quale piano?"

"Non te lo dico. Potrei averne bisogno in un altro momento, cambiassi idea."

"Ho deciso. Non cambierò idea."

"Bene, allora voglio sorprenderti più tardi." Faccio scivolare la mano sopra allo stretto corpetto dell'abito. "Ma avrò bisogno di quel collare, e della frusta, e della pallina che fa da bavaglio, se proprio vuoi saperlo."

Ride. "Meraviglioso." Mi si accoccola addosso, infilando la testa sotto al mento.

"Quindi vuoi lavorare per il Fight Club?"

"Mi hai già assunta." Mi si stringe addosso e mi ci vuole un momento per ricordare di cosa stavamo parlando. "Mi occuperò di libri contabili e operazioni, ma non posso smettere di lavorare dietro al bancone. Almeno finché non avrò insegnato a Luka a fare dei cambiamenti. Hai bisogno di me."

"Hai dannatamente ragione," mormoro, adorando la sensazione che mi dà tenerla tra le braccia. "Penso che mi piacerà essere il tuo capo."

"Capo? No. Ho una laurea in business e marketing, e un dottorato. Sarò io il tuo capo." Alza la testa e mi guarda con intensità.

"Parli sul serio?"

"Sì, cazzo," risponde, e nonostante tutto sorrido.

"Sei carina quando dici parolacce. Dillo di nuovo."

"No." Mi si riappoggia addosso con un sospiro.

"Scommetto che posso costringerti a rifarlo," le prometto con tono misterioso.

Ride. "Non vedo l'ora che ci provi."

Sheridan

La luce si appoggia sul viso di Trey, indorandone i lineamenti. Sospiro felice. Non so per cosa gli sono più grata: avermi aiutato a sancire la pace con i vampiri o avermi indotta a ribellarmi a mio padre. Ora potrò avere tutte le albe e i tramonti che voglio, insieme a lui. È la mia ricompensa.

"Possiamo prima fermarci al locale? Devo prendere delle misure." Quando si volta a guardarmi confuso, continuo: "Per il nuovo allestimento che ho in progetto. Non ti preoccupare, non implementeremo tutti cambiamenti in una volta sola. Inizieremo con piccole migliorie che i clienti apprezzeranno. La prima è un parcheggio nuovo: chiamo gli impresari domani."

"Fottimi," dice Trey gemendo.

"Oh, anche quello è nell'agenda. Se fai il bravo, e in giro non c'è nessuno, puoi scoparmi al club, addosso alla rete metallica."

Resta immobile, poi mi stringe un seno, con forza. "È una promessa?"

"Lavora sodo, gioca sodo."

"Andiamo," ringhia. "Voglio vedere che razza di roba sexy ti sei messa sotto a questo vestito."

"Ok." Gli sorrido e gli appoggio una mano sulla coscia, mentre accende il motore. Non so resistere, ma aspetto che stia per immettersi sulla strada prima di chinarmi verso di lui e sussurrargli nell'orecchio: "Non mi sono messa niente."

Fine

Grazie per aver letto *Tormento Alfa*. Se ti è piaciuto, apprezzerei davvero una recensione. Può fare una gran differenza per un'autrice indie come me.

Clicca qui per l'epilogo bonus.

VUOI ALTRI ALFA RIBELLI?

Grazie per aver letto Tormento Alfa!

Grazie a tutti coloro che hanno letto e recensito la serie finora. Lo apprezziamo molto!

ALFA RIBELLI

OTTIENI IL TUO LIBRO GRATIS!

Iscrivetevi alla newsletter di Renee per ricevere Indomita, scene bonus gratuite e notifiche riguardo a nuove pubblicazioni!

https://BookHip.com/MGZZXH

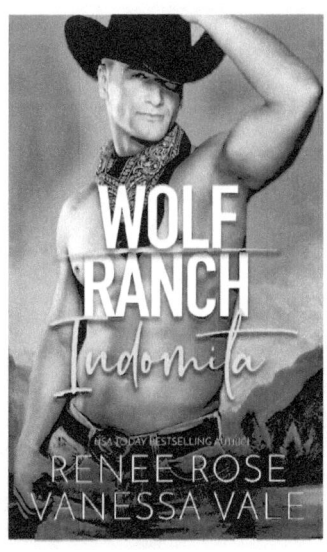

Due Segni

Indomita (gratuito)

Tentazione

Chicago Bratva

Preludio

Il direttore

Il risolutore

Il sicario

Posseduta

Il soldato

L'Hacker

Padroni di Zandia

La sua Schiava Umana

La Sua Prigioniera Umana

L'addestramento della sua umana

La sua ribelle umana

La sua incubatrice umana

Il suo Compagno e Padrone

Cucciolo Zandiano

La sua Proprietà Umana

La loro compagna zandiana (gratuito)

Vegas Underground

King of Diamonds

Mafia Daddy

Jack of Spades

Ace of Hearts

Joker's Wild

His Queen of Clubs

Dead Man's Hand

Wild Card

L'AUTORE

L'autrice oggi bestseller negli Stati Uniti Renee Rose ama gli eroi alfa dominanti dal linguaggio sboccato! Ha venduto oltre un milione di copie dei suoi romanzi bollenti, con variabili livelli di erotismo. I suoi libri sono comparsi su *USA Today's Happily Ever After* e *Popsugar*. Nominata *Migliore autrice erotica da Eroticon USA* nel 2013, ha vinto come autrice antologica e di fantascienza preferita dello *Spunky and Sassy*, come miglior romanzo storico sul *The Romance Reviews* e migliore coppia e autrice di fantascienza, paranormale, storica, erotica ed ageplay dello *Spanking Romance Reviews*. È entrata otto volte nella lista di *USA Today* con varie antologie.

Iscrivetevi alla newsletter di Renee per ricevere scene bonus gratuite e notifiche riguardo a nuove pubblicazioni!

https://www.subscribepage.com/reneeroseit

L'AUTORE

Lee Savino è una fra le migliori scrittrici di libri erotici 'smexy' al giorno d'oggi negli Stati Uniti. 'Smexy' nel senso di 'smart e sexy': storie sensuali ed argute. La puoi trovare nel gruppo Goddess in Facebook ed è possibile scaricare un suo libro gratuito su www.leesavino.com!

www.ingramcontent.com/pod-product-compliance
Lightning Source LLC
Chambersburg PA
CBHW020612110726
47899CB00002B/488